Daniel Glattauer
Die Ameisenzählung

Vorwort

Haben Sie schon einmal ein Vorwort geschrieben? – Ich auch nicht. Ich lese nur öfters welche. Die meisten klingen wie Panikattacken der Bedeutsamkeit. Anbei lernt man oft Namen fremder Menschen kennen, ohne die das Buch nie zustande gekommen wäre, wofür sich der Autor interessanterweise immer bedankt. Nie beglückwünscht ein Autor eine Person, die versucht hat, ihm das Buch auszureden. Überhaupt werden Menschen, die schlechte Bücher verhindern, in der Literatur nicht ausreichend gewürdigt.

Manchmal, wenn die Autoren frisch verliebt sind (oder diesen Anschein erwecken wollen), knallen sie an den Rand einer zumeist leeren Seite ein sinnliches, oft in kursiver Schrift gesetztes »Für Mimi« hin. Der Leser hat dann bei der Lektüre stets das beklemmende Gefühl, Mimis Buch zu lesen.

Manche Autoren, denen vorwortmäßig so gar nichts einfällt, belehnen einen Wortkünstler, der einmal präventiv etwas sehr Passendes über das Buch gesagt hat. Da liest man dann: »Alle Schatten sind Lichter«, oder Ähnliches. Im schlimmsten Fall steht »Saint-Exupéry« darunter.

Nie aber wird ein Vorwort (vor)wörtlich genommen und erschöpft sich in sich selbst: VORWORT. (Aus. Das war es schon. Kommen wir zur Sache.) Vermutlich schafft das einen zu hohen Erwartungsdruck auf das Nachfolgende. Egal, ich riskiere es: VORWORT!

Der Wangenkuss (I)

Wenn man jemanden trifft, den man kennt, gibt es, je nach Grad der Freude über die Begegnung, vier Möglichkeiten: Entweder man grüßt nicht, indem man wegschaut. Oder man grüßt nicht, obwohl man hinschaut. Oder man grüßt. Oder man küsst.

Nun haben wir den Verdacht, dass heute mehr geküsst wird als früher. Wir halten das für einen Rückschritt zu mehr Feuchtigkeit in der Gesellschaft. Schuld sind Männer, die plötzlich beweisen wollen, wie zärtlich sie sein können – vor allem zueinander.

Das Unangenehme am Begrüßungskuss ist die geringe Trefferquote. Täglich spielen sich Hunderte Dramen der Begegnung ab, zum Teil auf offener Straße:

– Küsser eins (K1) peilt die linke Wange von Küsser zwei (K2) an. Der hält ihm die rechte entgegen. Es kommt zu einem unerwünschten Streifkuss.

– K1 und K2 jagen der je weggedrehten Wange des Gegenübers nach, küssen ins Leere und drohen das Gleichgewicht zu verlieren.

– K1 und K2 halten je eine Wange zum Kuss hin. Ein schmerzvoller Ohrenreiber ist die Folge.

– K1 will nur einmal, K2 rechnet mit Beidseitigkeit und donnert K1 den Kiefer gegen die Nase.

Fürs Erste genug! Wir sind Verfechter des ehrlichen Händedrucks.

Der Wangenkuss (II)

Wie gesagt, wendet sich die Gesellschaft bei Begrüßungen immer mehr vom warmen Händedruck ab und übt sich in der hochkomplizierten Form des gegenseitigen Doppelwangenkusses. Um ihn zu beherrschen, müssten die Partner Tag und Nacht trainieren. Ein derart eingespieltes Team frönt aber eher dem Zungenkuss. Oder gar keinem mehr.

Die klassischen kusstechnischen Pannen haben wir bereits beschrieben. Begrüßungsküsser wandern aber auch stets am Grat des erotischen Missverständnisses. Hier die wichtigsten Vorkehrungen:

– Lippen nach innen gewölbt und fest zusammengepresst halten, etwa so, wie man sich ein Lachen verbeißt. Zunge sicherheitshalber am hinteren Gaumen verstecken.

– Mund niemals wuchtig auf die Wange des Grußpartners klatschen lassen. Vorher abbremsen. Sollte es zu keiner Berührung kommen, nur ja keine weiteren Versuche starten. Man würde es Ihnen als Schmusereiversuch auslegen.

– Augen beim Küssen nicht schließen! Möglichst treuherzig dreinschauen.

– Zur Unterstreichung der Harmlosigkeit des Wangenkusses diesen mit einem liebevoll schmatzenden »Mmmpftsch« ausklingen lassen.

Schuhlöffeltest

Woran erkennt man, dass man nicht mehr so jung ist wie früher? Wir sind uns hoffentlich einig: Banalitäten wie Jahreszahlen, Lachfalten ohne Lachen, Muskelkater ohne Muskeln und Schuppen ohne Haare sind keine Alterskriterien. Ein gutes Indiz fürs Älterwerden ist die Beobachtung, dass die Leute rundherum immer jünger werden. Alt ist man aber erst, wenn man niemanden mehr sieht, der älter sein könnte als man selbst.

Nicht mehr jung ist man, wenn man sich fragt, wann man das letzte Mal eine Nacht durchgemacht hat. Noch weniger jung ist man, wenn man sich nicht mehr fragt, wann man das letzte Mal eine Nacht durchgemacht hat. Schon recht deutlich alt ist man, wenn man fragt, was »durchmachen« heißt.

Jung ist man, wenn man statt eines Schuhlöffels die Finger verwendet. Nicht mehr jung ist man, wenn man nie mehr ohne Schuhlöffel verreist. Gar nicht mehr jung ist man, wenn man nur deshalb nicht nie mehr ohne Schuhlöffel verreist, weil man nicht mehr verreist. Ganz und gar nicht mehr jung ist man, wenn man sich weigert, einen Schuhlöffel zu verwenden, der kürzer als fünfzig Zentimeter ist. Aber wirklich alt ist man erst, wenn man im Kreise jüngerer Verwandter die Formulierung: »Nimm gefälligst den Schuhlöffel!«, verwendet.

Die Macht ist an

Übersetzen ist menschlich. Hier einige Passagen der deutschen Gebrauchsanweisung für ein taiwanisches Radiogerät, welches Herr Rudolf in Wien erwarb:

Spezifizierungen. Das ist ein klein, das dünnest MW/ UKW stereo Hi-Fi in der Welt, mit faltbar stereo Kopfphon. Ein stereo Kopfphon Wagenwinde wird versehen, Sie Können die Musik privat geniessen.

Teile und Ihre Funktion.

1. Stereo Mini Wagenwinde: a) Verbinden Sie das Kopfphon zu Wagenwinde, um Musik zu geniessen. b) Setzen Sie das stereo Kopfphon in Kopfphon Wagenwinde ein, die Macht ist an, sonst die Macht ist ab.

3. Für UKW Band, die Tafel wird angezündet, nur als den Laut des Radios wird erhalten.

4. Drehen Sie das Blatt, die Stellung des Zeigers wird drehen bis die richtige Stellung erreicht.

5. Stellung Zeiger: Es zeigt die Häufigkeit, die Sie vom Radio hören. 7) Wenn Sie kleinen Lärm wollen, als die Stereo Wirkung, setzen den Umschalter an »Mono«.

Machtquelle. 1) Öffnen Sie die Tür für Batterie des Abteils, schleifen Sie die Tür in der Richtung des Pfeils. 2) Setzen Sie zwei UM-4 Batterie in Abteil, die Polarität soll Zeichen im Abteil zusammentreffen. 3) Schließen Sie die Tür.

Lieber Herr Rudolf, wir wünschen Ihnen guten Empfang.

Wir schauen (I)

Der Brite »looks«. Der Deutsche guckt. Der Österreicher schaut. Danke für das Wort. Wir brauchen es.
Der Österreicher schaut, wenn der Tag lang ist, und durchs Schauen wird er auch nicht kürzer. Schauen strengt nicht an. Es arbeitet nahezu nichts im Gehirn. Es arbeitet so wenig, dass manchmal sogar der zugehörige Mund offen bleibt.
Wenn Österreicher schauen, beabsichtigen sie nichts, sie besichtigen ja nichts. Sie wollen nichts erblicken oder erkennen. Sie wollen keinem etwas wegschauen, sie wollen einfach nur schauen.
Bevorzugte Schau-Motive sind Baustellen, insbesondere Krähne (während der Mittagspause der Kranführer), im Halteverbot abgestellte Autos (mit ausländischem Kennzeichen), am Fensterbrett hängende und kongenial dreinschauende Insassen des Gebäudes vis-à-vis, ferner Flugzeuge bei der Ausübung ihrer Tätigkeit (fliegen), Hydranten bei der Ausübung ihrer Tätigkeit (stehen), Polizisten bei der Ausübung ihrer Tätigkeit (schauen), also möglichst statische Schau-Sub- oder -Objekte des täglichen Lebens, die nicht eigens durchschaut werden müssen, um ungestört angeschaut zu werden.
Schlimm wird es aber erst, wenn die Österreicher vom Schauen sprechen: siehe nebenan.

Wir schauen (II)

Der Österreicher schaut gern, denn schauen strengt nicht an. Der Schauende will ja nichts sehen oder gar erkennen, er will sich nur mit offenen Augen irgendwo festhalten, um geistig auszuruhen.

Noch lieber und öfter als er schaut, kündigt der Österreicher sein Schauen an. Er sagt: »Schau ma!« Es ist dies die höchste Steigerungsstufe österreichischer Unverbindlichkeit. Sie deutet an: Ich werde mich darum kümmern. Und sie bedeutet: Ich werde mich *nicht* darum kümmern.

Um letzte Zweifel zu zerstreuen, sagt man auch gern: »Schau ma amal.« Es bedeutet: *Wenn ich mich einmal nicht darum kümmere, werde ich mich nie darum kümmern.*

Wem »Wer ma schauen« *(Ich werde erst später beginnen, mich nicht darum zu kümmern)* und »Wer ma schon schauen« *(Ich kann gar nicht früh genug beginnen, mich nicht darum zu kümmern)* noch immer nicht eindeutig genug ist, der wähle: »Schau ma amal, dann wer ma schon sehen.« Es bedeutet: *Da ich mich nicht darum kümmern werde, wird sich wohl ein anderer darum kümmern müssen.* Dem anderen bleibt zur Klarstellung dann nur noch: »Wer ma amal sehen, dann wer ma schon schauen.«

Handgeblasen

Man kennt Riedel. Es ist jenes Glas, welches den Inhalt vergessen macht. Denn man sagt nicht: »Ah, vollmundig!«, sondern: »Oh, Riedel!« Aber warum eigentlich? Wir hatten schon den Verdacht, dass einmal einer »Oh, Riedel!« gesagt hat (möglicherweise Riedel selbst) und alle machen es ihm jetzt nach.

Nun bestätigt uns der Glaserzeuger in einem Pressetext, wie gut es der Firma mit uns Konsumenten geht. Die Umsätze konnten in den letzten vier Jahren verdoppelt werden. Und endlich lüftet Riedel das große Geheimnis seines Erfolgs: Von den 5,3 Millionen produzierten Gläsern »entfielen 0,9 Millionen auf *hand-* und 4,4 Millionen auf *mundgeblasene* Gläser«.

So liebevoll die mundgeblasenen auch geformt sein mögen, unsere ungeteilte Faszination gilt den aeromanuell entstandenen. Bisher kannten wir grobschlächtigen Hobbygärtner nur Blasen an den Händen. Nun wissen wir, dass begnadete Hände selbst blasen können. – Sie blasen die handgeblasenen Gläser der Firma Riedel.

Wenn es im Text weiter heißt: »Form und Inhalt aller Riedel-Gläser werden auf das Getränk abgestimmt«, so fehlt zur absoluten Weltsensation eigentlich nur noch der handgetrunkene Wein.

Schildkrötenkunde

Endlich gibt es eine Anlaufstelle für Schildkröten. Oder besser: für deren Besitzer. Denn bis die Kröten dort eintreffen, vergehen sicher Jahre. Heute um 19 Uhr veranstaltet das »Turtles Rescue Center« im Seminarraum »The Porthole« in der Mosergasse 12 in Wien einen Informationsabend. – Der ist auch dringend notwendig.

Haben Tiere Kummer, leiden wir mit ihnen. Wissen wir nicht, was ihnen fehlt, leiden wir noch mehr. Katzen jammern wenigstens. Hunde winseln und speiben. Goldfische lassen sich treiben. Aber wie outen sich marode Schildkröten? Bisher galt unter Laien: Schildkröte auf dem Bauch – alles okay. Schildkröte auf dem Rücken – irgendetwas stimmt nicht. Erfahren wir nun endlich mehr? Etwa:

Gesichtsfarbe. Graugrün bis graubraun und matt: Schildkröte gesund. Graugrün bis graubraun und auffallend matt: Schildkröte krank.

Haut. Faltig gerunzelt: Kröte fit. Furchig gerunzelt: Kröte kränkelnd.

Bewegung. Rhythmische Schübe bei ruhender Panzerlage: austrainiert. Unrhythmische Schübe bei ruhender Panzerlage: Muskelkater.

Geräusche. Brüchiges Hüsteln mit gelegentlichen Stoßseufzern: Schildkröte bei guter Alltagslaune. Brüchiges Hüsteln mit häufig wiederkehrenden Stoßseufzern: Novemberdepression.

Der zweite Mann (I)

Heute wollen wir Ihnen unsere Theorie von der linearen Duplizität irdischer Abläufe unterbreiten. Sie geht so: Jeder Mensch hat einen zweiten, der im gleichen Rhythmus lebt. Die meisten lernen ihr Double nie kennen. Zum Beispiel braucht Ihrer nur eine Minute früher dran zu sein als Sie, schon verpassen Sie ihn ein Leben lang (um je eine Minute). Außerdem: Wahrscheinlich ist Ihrer Amerikaner. Bestenfalls Japaner – und somit potenzieller Wien-Tourist. Sie könnten versuchen, ihn in Schönbrunn abzupassen. Aber wozu eigentlich?

Nun: Meiner wohnt unzweifelhaft in Wien und lebt exakt gleichzeitig mit mir. Wir treffen uns praktisch täglich. In der U-Bahn, beim Einkaufen, im Kino. Unlängst im Reisebüro. (Demnächst im Urlaub.)

Er ist nicht mein Typ. Und umgekehrt. Wir gehen einander aus dem Weg (um über Umwege wieder zusammenzutreffen). Wir strafen uns mit finsteren Blicken und zeigen einander imaginär die Zunge.

Seit einiger Zeit demütigt er mich mit einem angesetzten Gruß, der mir einen vollen abverlangt, worauf er seinen zurückzieht, als würden wir uns nicht kennen, was schön wäre, wenn's wahr wäre. Irgendwie würde ich ihn gern loswerden. Vielleicht haben Sie einmal eine Idee.

Der zweite Mann (II)

Vor kurzem behaupteten wir: Jeder Mensch hat irgendwo auf der Welt einen zweiten, der im gleichen Rhythmus lebt.
Bei meinem Zweiten, so führte ich aus, kommt erschwerend hinzu, dass er ums Eck wohnt, dass wir in der U-Bahn vor Jahren aufeinander geprallt sind und nun – aufgrund des gleichen Rhythmus – nahezu täglich irgendwo zusammentreffen. Da wir uns nicht leiden können, duellieren wir uns im (Nicht-)Begrüßen. Das zermürbt. Am Ende schrieb ich, ich würde ihn gern loswerden. »Vielleicht haben Sie einmal eine Idee.« – Von 362.000 Lesern fiel dreien etwas ein. Danke! (Ich nehme das nicht persönlich.)
Zwei Ratgeber begruben meine Hoffnungen, indem sie sagten: Keine Chance, je lieber man jemanden nicht treffen will, umso häufiger trifft man ihn. (So gesehen bin ich mit einmal täglich noch gut bedient.)
Der einzige konstruktive Tipp kam von Leserin Anna. Sie rät mir zu einem kleinkriminellen Delikt, etwa Stehlen einer Zeitung, welches meinen Zweiten zur (zeit-)gleichen Handlung zwingt. Ich zeige ihn an. Er wird behördlich aufgehalten. Dadurch verliert er Zeit auf mich und entrückt meinem Leben. Schönheitsfehler: Er wird die gleiche Idee haben.

Erdachte Muskeln

Wissenschafter an der Universität von Brighton fanden heraus (fängt gut an, nicht?), sie fanden heraus, dass Sport dadurch ersetzt werden kann, dass man daran denkt.
Man muss ihn also nicht extra tun, um nachher gut trainiert zu sein. (Somit spart man sich das einzig Unangenehme am Sport: seine Ausübung.)
Dies stand jüngst in einigen seriösen österreichischen Zeitungen, seriös versteckt, damit die in Brighton, die Wissenschafter, nichts davon mitkriegen. Sonst beginnen sie womöglich an ihren eigenen Leistungen zu zweifeln.
Dabei liest sich die These vom Denk-Sport erschöpfend kurz und gut untermauert: »Eine Gruppe Studenten musste ihre Finger beugen, eine zweite nur ans Beugen denken. Bei beiden Gruppen nahm die Muskelstärke der Finger nach vier Wochen signifikant zu.«
Wir sind tief beeindruckt – und beginnen mit fünfzig geistigen Liegestützen. Sind unsere Arme gestählt, so wagen wir uns an »Sit-ups« heran, eine Übung, die tatsächlich nur kognitiv durchzuhalten ist: Am Rücken liegen, Oberkörper anheben, 30-mal. Spüren Sie's? – Männer, das ist kein Magendurchbruch! Das ist der Bauchmuskel! Und jetzt schnell an etwas Unsportliches denken.

Ups und O-O

Manchmal fehlen uns die Worte. Manchmal drängen sich welche auf – doch wir verzichten. Wozu gibt es Laute, die den Anforderungen des täglichen Lebens mit viel geringerem Aufwand gerecht werden: *Ufff.* (Das war knapp.) *Hoppala.* (Schon passiert.) *Aah.* (Angenehm.) *Iih.* (Kalte Zehen.) *Pfff.* (Tolles Flugzeug.) *Pfoo.* (Und es fliegt.) *Wui.* (Es macht Loopings.) *Wusch.* (Abgestürzt.) Und so weiter.

Nicht mehr egal ist uns die inflationäre Verwendung des Mode-Lautes *Ups.* (Kreuzung zwischen einem *Uuh* des Schreckens und einem *Hops* der Harmlosigkeit.) Abhängige Upser upsen von früh bis spät bei jeder minimalsten Veränderung der Wirklichkeit. (Etwa wenn ein Blatt Papier zu Boden fällt.) Schütten sie Kaffee aus, upsen sie bis zur vollen Stunde. Das nervt.

Unerträglich ist die Verwendung des phonetischen Durchstarters *O-O.* (In Österreich für: Da schau her! In Deutschland für: Herrjemine!) O-O lebt von der Wucht einer unsanft herabfallenden Terz und klingt in etwa so, als würde ein Chor aserbaidschanischer Saatkrähen über Lautsprecher »Kuckuck« zu rufen versuchen.

Deshalb unser dringendes Ersuchen an O-O-er in aller Welt: Hört auf damit! Euer O-O ist weder originell noch eine Minute länger auszuhalten.

Ich bin Greenspan

Unlängst in der U-Bahn überlegten ein paar Schüler laut, wer sie gerne wären: Man einigte sich auf die *Backstreet Boys*. Erwachsene haben sich in der Regel damit abgefunden, dass sie (nur) geworden sind, was sie sind. Ich mache heute eine Ausnahme – und wäre, wenn ich es mir aussuchen könnte, am liebsten: Notenbankchef Alan Greenspan. Drei Minuten genügten mir.

Ich starte mit einem Seufzer, der die Wallstreet in den Sumpf zieht: Der Dow Jones büßt 150 Punkte ein. Ich versuche das Mikrofon zu meinem Mund zu biegen, scheitere und sage: »Die Technik ist ein Hund.« Daraufhin spricht der Mikrofonhersteller *Mikrostrong* eine Gewinnwarnung aus und reißt die Nasdaq in den Abgrund. Ich eröffne und schließe meine Rede mit den Worten: »Die Aussichten sind ...« Mein linker Daumen zeigt nach oben, mein rechter nach unten. Während an der Börse in Tokio eine Kursrallye einsetzt, brechen die europäischen Finanzmärkte ein. Danach wechsle ich die Daumen. Schließlich blicke ich auf die Uhr (und beflügle die Uhrenbranche), packe ein Thunfischsandwich der Firma *Tona* aus und beiße genüsslich hinein. Das war's. Tags zuvor habe ich Millionenkredite aufgenommen und *Tona*-Aktien gekauft.

Die Ameisenzählung

Aus einer sehr interessanten und erfreulich weltoffenen Geschichte im jüngsten *News* mit dem Titel »Wenn jedes Leben zählt« geht hervor, dass die UNO tatsächlich jedes Leben gezählt hat, nämlich jedes Tier. Es wurde eine richtige Inventur aller Lebewesen gemacht und jetzt liegen die Zahlen vor: 5,45 Millionen Lamas, 14,14 Millionen Maultiere, 209,22 Millionen Gänse. Nur 60,94 Millionen Pferde, aber 162,36 Millionen Hausbüffel. – Komisch. Also ich kenne niemanden, der daheim einen Büffel hat. Die eindrucksvollste Recherche: Es wurden 10.000.000.000.000.000 Stück Ameisen gezählt. Erstens ist die Zahl imposant. Zweitens: Hochachtung vor dem Zähler! Das muss ja eine irre Arbeit gewesen sein. Gut, die runde Zahl lässt darauf schließen, dass es ein paar »Zerquetschte« mehr oder weniger gewesen sein können. Aber haben Sie schon einmal versucht, in einen Ameisenhaufen eine numerische Ordnung hineinzubringen? Und: Wie verhindere ich, dass ich Ameisen doppelt zähle? Haben gezählte vielleicht ein Mascherl um den Hals bekommen? Wer hat zehn Billiarden Ameisenmascherln gebastelt? Wer hat sie geschnürt? Wo sind die wahren UNO-Helden?

Wir schauen (III)

Auf allgemeinen Wunsch dreier Leser wird die Serie über das Schauen, Österreichs zweitentspannendste Betätigung gleich hinter dem traumlosen Tiefschlaf, fortgesetzt.
Wir gehen hier auch gern auf Probleme wie jenes der Anruferin P. ein, die an einer Wohnungsübersiedelung laboriert. Dabei sei ihr, als sich der Staub hob, jener nutzlose Elektroherd in der Mitte der Küchenbaustelle ins Auge gesprungen, der ihr dort schon vor drei Wochen unangenehm aufgefallen war. Angesichts seiner fragte P. ihren für überbreite Schwertransporte zuständigen Lebensgefährten J.: »Was machen wir damit?« Er erwiderte, ohne lange nachzudenken: »Wer ma schauen!«
P. fragt nun an, ob es sich dabei um jenes »Wer ma schauen« gehandelt haben könnte, über welches sie unter »Wir schauen (II)« die sinngemäße Übersetzung: *Ich werde erst später beginnen, mich nicht darum zu kümmern*, lesen musste. Sollte dies nämlich so gemeint gewesen sein, möchte sie J. gern ausrichten, dass dieser »noch schön schauen« werde.
Sollte J. an unserer Meinung über die Bedeutung von »noch schön schauen« zu Beginn eines gemeinsamen Haushalts interessiert sein, so melde er sich – möglichst bald.

Wir schauen weiter

Wir beendeten unsere Kurzserie »Wir schauen«. – Überhastet, behauptet Leserin Patricia (und zwingt uns zu einer Fortsetzung außer Konkurrenz). Man könne nicht übers Schauen schreiben und dabei den Wiener Dialekt übersehen:
Do schau her, heast! Genervte Mutter nötigt gelangweiltes Kind, trüben Blick von Super-Mario-Kleingerät ins Aufgabenheft zu lenken.
Des schau ma sie o! Frühpensionist Johann G. glaubt nicht, dass der im Krankenstand befindliche Josef K. den im Café Michelle angesagten Bauernschnapser mit nur drei Atout durchbringen wird.
Du wirst scho no schauen! Entgegen der Meinung von Johann G. ist Josef K. überzeugt, den Bauernschnapser mit nur drei Atout durchzubringen.
Jetzt schaust sche deppert! Josef K. hat ihn durchgebracht.
Schau da o! Ober-St.-Veiterisch für: »Hätte ich mir nicht gedacht.«
Schau da ana o! Unter-St.-Veiterisch für: »Hätte ich mir nicht gedacht.«
Schau da eam o! Taxifahrer wundert sich über ein Fahrzeug.
Schau da den Trottl o! Taxifahrer wundert sich zum zweiten Male über das gleiche Fahrzeug.
Schau da den … Taxifahrer steigt aus.

Geständige Nasenbohrer

Womit vertreiben sich deutsche Männer beim Autofahren die Zeit? Gefragt hat *Playboy*, wodurch erahnbar wird, warum drei Prozent (damit) angaben, sie »befummelten« zum Zeitvertreib eine »am Nebensitz vorhandene Dame«.
Immerhin jeder achte Deutsche soll die Zeit im Auto mit Gedanken totschlagen. Besonders nachdenklich wollen Männer über fünfzig sein, während die Jungen lieber »im Verkehr herumflirten« – was die Älteren wohl umso nachdenklicher macht. Zwei Prozent der Deutschen gaben an, sie nützten die Zeit, um in der Nase zu bohren. Fällt damit das letzte hartnäckige Tabu?
Wir alle wissen: Männer sind Nasenbohrer, seit sie Nasenlöcher (und Finger) haben. Die Motive sind mannigfaltiger Natur: Jagdinstinkt, Forschergeist, Befreiungsdrang, Reinigungstrieb, Sammelleidenschaft. Doch der noble Mann bohrte stets und schwieg. Er grub im Verborgenen, scharrte im Finsteren, fischte im Trüben. Wurde er dennoch erwischt, so stritt er rigoros ab. Seitensprünge? Ja, zugegeben. Nasenbohren? – Niemals.
Nun sind also erstmals Männer geständig: deutsche Autofahrer. Wohl verbergen sich hinter diesen zwei Prozent gigantische Dunkelziffern. Aber der Bann ist gebrochen, das neue Selbstbewusstsein der Nasenbohrer unübersehbar. Es wird noch der Tag kommen, da werden sie uns mitteilen, was sie im Auto damit tun, wenn sie fündig geworden sind.

Vergesst Regenschirme!

Gestern früh regnete es hingebungsvoll. Jeder vernünftige Mensch hätte daheim bleiben sollen. Jeder vernünftige Chef hätte das akzeptieren müssen. Doch es siegte in breit gefächerter Front die Unvernunft. Alle waren unterwegs. Alle unter Regenschirmen.

Es gibt schwarze, weiße, rote, gestreifte, gepunktete, karierte Schirme. Es gibt Knirpse, Aktenkofferfreundlich zusammenstauchbare Qualitätsprodukte für Bausparer. Drückt man beim Trockentest auf den Knopf, schießt das Metallgestell vor und der Knirps wächst über sich hinaus. Bedient man die Automatik bei der Uraufführung im Regen, klemmt das Gestell, der Knirps bleibt Knirps und darf eingepackt oder weggeschleudert werden. Es gibt händisch aufspannbare Schirme, die im Regen niemals einrasten, bevor man ausrastet. Schirme, die sich in die falsche Richtung krümmen und abheben. Schirme, zum Skelett abgemagert, mit lasch herabhängenden Stofffetzen. Schirme, die sich nie mehr abspannen lassen. Schirme, die sich (in voll besetzten Waggons) von selbst wieder aufspannen.

Es gibt keinen Schirm, der kann, was er sollte: Regen abhalten. Im Gegenteil. Schirme ziehen Regen an. Nichts trieft mehr als ein benützter Schirm. Wirklich nass wird, wer sich nicht rechtzeitig davon befreit. Also werft sie weg. Lasst sie angelehnt. Vergesst sie. Dafür sind sie wie geschaffen.

Gebt uns Güterwege!

Sensationsjournalismus ist nicht unser Stil. Aber diesmal müssen wir. Die Niederösterreichische Landeskorrespondenz (NLK) zwingt uns dazu. Ihre aktuelle Aussendung sprengt die Brisanz der Nachrichtenlage: »Am vergangenen Samstag wurde in Grünau ein sechs Kilometer langer Güterweg eröffnet!«
Was kümmern und Pensionen! Was schert uns der Euro! Reformen, Abstriche, Einbußen, Kürzungen, Schließungen – wir haben genug davon. Wir wollen Lebensqualität. Wir brauchen Eröffnungen! Es kann nicht immer ein neues Gebäude sein. Für mehr Ausstellungen mangelt es an Stücken. Noch ist die Zeit nicht reif für die täglich zu eröffnende Erotikmesse. Asphalt ist geduldig und eröffnet Gelegenheiten. Neue Autobahnteilstücke – gut. Neue Bundesstraßenabschnitte – fein. Neue Landstraßenkurven – nett. Aber wir wollen das Besondere: Wir wollen Güterwege.
»Güterwege sind Lebensadern.« – Sagt nicht irgendwer. So spricht der Landeshauptmann. Er spricht es an Ort und Stelle. Pröll, der Eröffner, hat den Grünauer Güterweg »Fischereck« für den internationalen Verkehr freigegeben.
Sechs Kilometer ist das Ding also lang. Hier, Verzeihung, müssen wir Kritik anbringen. Sechs Kilometer Güterweg sind zu viel auf einmal. Wir fordern Eröffnungen in Ein-Kilometer-Intervallen. Wir lieben die volksnahe, erfolgsorientierte Politik der kleinen Schritte.

Die weißen Hauben

Liebe Tante Anna! Du weißt, dass wir dich gern haben und dass wir dich so nehmen, wie du bist (du lässt uns ohnehin keine Wahl). Du kommst eben aus einer anderen Zeit und denkst nicht daran, sie wegen uns zu verlassen.
Deine Jausen sind mit sehr viel Liebe zubereitet, auf deine selbst gemachte Biskuitroulade bist du mindestens eine Woche stolz, ehe du sie uns anbietest. Wir nehmen natürlich Rücksicht auf dein Herz und trinken aus Solidarität deinen koffeinfreien Kaffee, den du uns mit gesüßtem Schlagobers servierst. Einen anderen kriegen wir ohnehin nicht. Es freut uns, dass du zwischen deinen Ausführungen über Ischias, Rheuma und der dich betreffenden Fusionierung der beiden auch immer ein Ohr für unsere Anliegen hast, auch wenn es jenes Ohr ist, mit welchem du nur noch stichprobenartig zuhörst. Wir bewundern deine Rüstigkeit, uns imponiert deine modische Anpassungsfähigkeit (an die 50er-Jahre).
Liebe Tante Anna! Tust du uns nur bitte einen Gefallen? Wenn du dich schon nicht von ihr trennen kannst, so nimm sie im Restaurant und im Kaffeehaus doch wenigstens ab – deine winterfeste bewachsene Lampenkugel, deine weiße Fellhaube. Sie ist so hääääääääässlich!

Beziehungskrise

Kollegin L. (Datenschutz) ist unlängst an ihrem Arbeitsplatz etwas sehr Tragisches widerfahren. Ihr eigener Computer hat sie nicht mehr erkannt. Auf dem Bildschirm stand weiß auf blau: »User unknown!«

Dazu muss man wissen, dass die beiden nun schon seit drei Jahren zusammen sind. Sie meisterten gemeinsam den Alltag. Nur die Urlaube verbrachten sie getrennt. Es war eine Vernunftbeziehung. Die große Leidenschaft gab es nur in der ersten Phase, als noch alles neu war, als man sich gegenseitig entdeckte. Die Rollen waren immer klar verteilt. Sie war bestimmend, er führte die Befehle aus. Man hatte aber nie das Gefühl, dass er darunter litt. Auch die Sitznachbarn können sich an keine »Szenen« erinnern.

Am Montag haben sie noch sechs Stunden gemeinsam gearbeitet. Am Dienstag sprach er plötzlich nicht mehr auf sie an. Techniker versuchten zu vermitteln. Vergeblich. Er tat, als würde er sie nicht kennen, als hörte er ihren Namen zum ersten Mal.

Jetzt wollen sie L. neu einspeichern. Angeblich soll dann wieder alles funktionieren. Aber wir alle wissen: Es wird nicht mehr so sein wie früher. Wenn es ihm einmal schlecht geht, wenn er abstürzt, wird sie ihn fallen lassen.

Sendepause

Vor einigen Tagen bescherte uns Ö 1 ein schönes Morgenerlebnis. Die Acht-Uhr-Nachrichten waren soeben abgehandelt worden. Die Wetterprognose ließ keinen Zweifel offen, dass es nicht so bleiben würde, wie es hätte sein können. Die sympathische Frauenstimme kündigte »Meldungen in englischer und französischer Sprache von Radio Österreich International« an. Da passierte es: nichts. Radio Österreich International machte keinen Muckser. Es dürfte Probleme in der Leitung gegeben haben – diesbezüglich hatten die Sprecherin und wir spontan den gleichen Verdacht. Sie sprach ihn zuerst aus. Es folgte: nichts.

Stille ist in einer Nachrichtensendung derart verpönt, dass die bemühte Moderatorin alsbald das Schweigen brach und vorschlug: »Vielleicht könnten wir zwischendurch ein paar Takte Musik spielen.« Niemand war dagegen. Aber taktloserweise spielte keiner. Es folgte: nichts. Danach: nichts. Und schließlich: wieder nichts. Da hatte die Sprecherin eine Idee: »Vielleicht nützen wir einfach die Pause, um ein bisschen unsere Gedanken zu sammeln.« Hervorragend. Das tat gut. Bitte mehr Sendezeit dieser Art!

Verspannungen

Manchmal beim Aufwachen sitzt einem das grauenhafte Gefühl im Nacken, man sei über Nacht fünf Jahre älter geworden. Jene fünf Jahre, die man mit modischen Mitteln seit fünfzehn Jahren bekämpft.

Montag früh, noch vor dem Eintreffen des ersten Gedankens, den Kopf zu spüren, ist an sich keine Schande. Aber erstens: nicht, wenn man sich mit Multivitaminen rauschfrei vom Sonntag abgemeldet und nach vorbildlicher Einstellung (des Radioweckers) schon um elf Uhr abends niedergelegt hat. Und zweitens: nicht den Hinterkopf, abwärts bis tief in die Nackenmuskulatur. Wer hier einen Schmerz spürt, hat zwar nichts falsch gemacht, aber dies vermutlich bereits seit Jahrzehnten. Er ist einfach »in ein Alter« gekommen.

In diesem Alter halten sich Anspannungen und Entspannungen die Waage – mit *Ver*spannungen. Wem es gelingt, den Schicksalsschlag als einmalig zu betrachten, der nenne es »Hexenschuss«. Wer den Schmerz einer üblen Laune der Gelenkigkeit zu verdanken glaubt, sage: »Ich muss mir was verrissen haben.« Wer die Nerven wegwirft, der behaupte, sie hätten sich eingeklemmt. Doch wer in Würde altern will, der gestehe: Es muss die Zugluft gewesen sein.

Ein Herz für Fruchtfliegen

Aus San Francisco erreichte uns die Nachricht vom Ableben einer dreißigköpfigen kalifornischen Fruchtfliegenfamilie. Die diesbezügliche Agenturmeldung war – schon das ist makaber – dem Themengebiet »Bunt« zugeordnet.

Der Bericht war tendenziell fruchtfliegenfeindlich: Der Täter, ein 15-jähriger Schüler aus Mill Valley, wurde in die Märtyrerrolle gedrängt. Er hatte im Rahmen eines Forschungswettbewerbs die Auswirkungen von Strahlen auf die Fortpflanzung der Fruchtfliegen studiert. Dabei sind ihm dreißig der zweihundert Versuchstiere quasi unter der Hand verendet. (Todesursache: bakterielle Infektion.) Worauf der Bursche wegen »grausamer Tierquälerei« disqualifiziert wurde. Wir sagen: völlig zu Recht!

In jedem noch so kleinen Tierchen schlägt ein Herz!

Fruchtfliegen haben eine Lebenserwartung von 21 Tagen. Ist das nicht kurz genug?

Fruchtfliegen sind hässlich und essen Obst. Kein Naturschützer macht sich für sie stark. Sie brauchen uns.

Fruchtfliegen sind Frühlingsboten. Ohne Fruchtfliegen kein Frühling. In Amerika werden sie ausgerottet – und wir wundern uns, dass es bis Ostern schneit.

Richtig trennen (I)

In der jüngsten Ausgabe der Zeitschrift *Medizin populär* erfährt man: »Wie man sich richtig trennt.« Das dürfte insofern etwas mit populärer Medizin zu tun haben, als man sich viel davon sparen könnte, wenn man sich richtig trennen würde.

Geschickt unterscheidet die Autorin nach dem Trenn-Verursacherprinzip: »Wenn man selbst genug hat.« Und: »Wenn der andere genug hat.« Wir bleiben beim angenehmeren ersten Fall. Hier rät uns *Medizin populär* einerseits: »Überstürzen Sie nichts.« Andererseits: »Zögern Sie nicht.« Ein eleganter Mittelweg wäre die zaudernde Entschlossenheit.

»Scheuen Sie sich nicht, mit einem guten Freund oder einem Arzt darüber zu sprechen.« Warum hier der Apotheker ausgelassen wurde, bleibt rätselhaft.

Der wichtigste Schritt: »Das offene und ehrliche, aber kultivierte Gespräch mit dem Partner, in dem Sie ihn auch über Ihre Entscheidung informieren.« – Aber vielleicht besser nur am Rande. Denn: »Hüten Sie sich davor, den Stolz des anderen zu verletzen.« Geheimtipp: Trennen Sie sich, ohne dass er es merkt.

Richtig trennen (II)

Wir sind Ihnen zum Thema »Wie man sich richtig trennt« das heikle Unterkapitel »Wenn der andere genug hat« schuldig geblieben. Die Anleitungen verdanken wir *Medizin populär*, einer Zeitschrift der Österreichischen Ärztekammer. Dort kennt man sich mit Trennungen mindestens so gut aus wie mit Verrenkungen.

»Ein halbwegs sensibler Mensch spürt das« (wenn der andere genug hat), meinen die Mediziner. Leider hat der andere oft gerade deshalb genug, weil der eine kein halbwegs sensibler Mensch ist (und deshalb auch nicht spürt, dass der andere genug hat).

Egal. »Achten Sie – wie beim Start einer Liebesbeziehung – auf Signale.« Zum Beispiel: Der Partner isst schlecht, schläft schlecht, legt sich daher spät nieder und kommt oft erst in der Früh nach Hause.

»Wichtiger Tipp: nicht nachlaufen.« Besser: vorlaufen, auflauern und in flagranti erwischen. Das lindert garantiert den Trennungsschmerz.

»Ein deutliches Signal ist auch die Tatsache, dass man sich nichts mehr zu sagen hat.« Aber das sollte man nicht überbewerten, solche Beziehungen halten oft am allerlängsten.

Maus will es wissen

Im halb besetzten Abteil der an einem verschlafenen Montagmorgen in die Arbeit gleitenden U4 ist es still. Bevor es piepst. Der entlarvte Handybesitzer mittleren Alters mit jugendlicher Krawatte verwüstet vor Aufregung seine (ehemals) großformatige Zeitung und flüstert verstohlen, einer interessierten Zuhörerschaft ausgeliefert: »Ja. Was gibt's denn? Nein, Maus. – Jetzt nicht. – Ich bin nicht allein. – In der U-Bahn. – Später, Maus.« Keine Chance: Maus will hier und jetzt.

»Um eins«, erfährt die U4-Belegschaft. »Ah so, zwei war's schon?« (Erwischt.) »Nein, nicht viel.« (Alkohol?) – »Tut mir Leid.« (Aufgeweckt? Geschnarcht?) – »Leicht verkühlt.« (Lüge!)

Jetzt will es Maus wissen. – »Schwer zu sagen.« (Dienstschluss?) – »Unheimlich viel los.« (Tolle Firma.) »Eine Abendsitzung.« (Na sicher.) »Kann spät werden.« (Garantiert.) »Ja, ich bemüh mich.« (Lüge!) »Nein, ich versprech's dir.« (Leichtsinn.) »Baba, Bussi, Maus.« (Erledigt.) – Tiefer Seufzer. Erleichterung. Stummer Applaus in der U-Bahn.

Sterbende Sterne

Wir würden gern wieder einmal über das Wetter schreiben. Leider gibt es derzeit kein besonderes. Der Arlberg ist bis zu drei Meter höher als im August, der Kahlenberg kahl wie meistens. Draußen ist es grau, wie üblich. Falls Sie ein verlängertes Ausflugswochenende planen: Der 1. Mai fällt auf einen Donnerstag.

Auf der Suche nach einer erzählenswerten Alternative zur Betrachtung der Wetterlage stießen wir auf den Titel einer Agenturmeldung aus dem Bereich der Wissenschaft, welcher uns keine Sekunde kalt lassen konnte. Er lautet: »Sterbende Sterne schwitzen Schweißgas.«

Spontan fallen uns vier Möglichkeiten im Umgang mit dieser Nachricht ein:

1. Wir ignorieren sie. (Fast nicht möglich, zu hoch ist ihr sprachliches Niveau.)
2. Wir forschen ihrem Inhalt nach. (Dazu fehlen uns Geld, Zeit und Schwerelosigkeit.)
3. Wir reduzieren sie im Sinne jenes Fischers Fritz, welcher frische Fische fischt, auf ihre edle Lautmalerei, erhöhen den Schwierigkeitsgrad durch Eingliederung des Wörtchens »stinkend« und üben: »Sterbende Sterne schwitzen stinkendes Schweißgas.«
4. Wir speichern sie im Hinterkopf, warten auf das nächstbeste Naserümpfen in einem atemberaubend besetzten Aufzug und kommentieren es mit den Worten: »Hier muss ein Stern gestorben sein.«

Morgengrauen (I)

An den kalten Wochenenden spaltet sich das Volk der chronisch erwerbstätigen Zufrühaufsteher in zwei Gruppen. Die einen »schlafen sich aus«. Das heißt: Sie schlafen so lange, bis es nach Kaffee riecht. (Teetrinker schlafen, bis es aufhört, nach Kaffee zu riechen, schlafen also länger und leben gesünder.)
Die anderen stehen auch an freien Tagen auf, bevor der Morgen graut, weil sie nicht aus ihrem Arbeitsrhythmus kommen wollen und weil es (für den Blutkreislauf) nichts Anregenderes gibt, als samstags um neun den letzten freien Parkplatz vor der Shopping-City nur um Bruchteile von Sekunden zu verfehlen.
Auch in der Hotellerie sind in der so genannten toten Saison (das ist zum Beispiel die Zeit außerhalb der Marillenblüte in der Wachau) beide Schlaftypen vertreten. Die einen schlafen länger (und sperren deshalb zu). Die anderen stehen noch früher auf als sonst, um allfällige Gäste, die sich durch ihr unvermutetes Erscheinen anschicken, den dörflichen Vorweihnachtsfrieden zu stören, persönlich aus den Betten zu werfen: Denn freie Zimmer gibt's zwar in Österreich wie Hochnebel über dem Donauraum. Aber spätestens um zehn Uhr müssen sie geräumt sein. Warum?

Morgengrauen (II)

Wir haben die Frage offen gelassen, warum österreichische Gästezimmer auch in den restlichen neunzig Prozent der Saison (in der toten) im Schnitt um zehn Uhr früh geräumt sein müssen. Von Ihren zahlreichen Wortspenden sind folgende der Wahrheit sehr nahe gekommen: »Weil es so ist.« »Weil es immer so war.« Und: »Damit die Heizung abgedreht werden kann.« (Setzt natürlich voraus, dass sie in Betrieb war.) Die richtige Antwort wäre gewesen: »Damit die Frühstückszeiten eingehalten werden können.« Ja, wir Österreicher frühstücken verdammt früh, und wir sind stolz darauf! Ehe der pannonische Freilandhahn dreimal kräht, hat sein Besitzer drei Rühreier mit Speck vernichtet. Während dem Italiener noch das mit Grappa versetzte Dolce vom Nachtmahl am Gaumen klebt, träumt der Maissauer Nebenerwerbsbauer bereits vom ersten Blunzeng'röstel.
Die Franzosen steigen mit ihrem »petit déjeuner« erst ein, wenn es bei uns schon nach Schweinsbraten riecht. Im Gegensatz zum verjunkten Amerika – »Breakfast« kann man praktisch durchgehend essen – nimmt unser Gastgewerbe das Wort »Frühstück« nämlich wörtlich. Und wir kriegen unsere Pensionsgäste schon noch dorthin, dass sie um Punkt sieben lustvoll das erste Marmeladeplastikpäckchen öffnen!

Serviceleistung

Unten am Karlsplatz, zwischen den U-Bahn-Stationen, steht sie. Sie tut somit, was sie gelernt hat. Sie ist eine Wiener Rolltreppe.
An Zustände wie ihren derzeit erbärmlichen hat sich unser Auge gewöhnt. Neben ihr würde ein Krakauer Kohlenbergwerk klinisch rein wirken, ein Murmansker Maschinenraum postmoderne Sterilität verbreiten. Ihr hängen die metallischen Eingeweide heraus. Oben stapeln sich rostig-ölige Treppenstücke. Und ein paar von den Verkehrsbetrieben angeheuerte Grubenarbeiter tummeln sich mutlos im Schacht.
Die »Wiener Linien« glauben uns in diesem Fall eine Erklärung schuldig zu sein. Am Fuße und am Gipfel der trostlosen Baustelle lehnt je eine schlaue Tafel mit dem Titel: »Auch Rolltreppen müssen zum Service gebracht werden.« Ah geh! Täglich?
Im Text erfahren wir: »Die Rolltreppe ist seit 19 Jahren für Sie im Einsatz.« Wir dachten eher ans 17. Jahrhundert. »Nach 147.600 Betriebsstunden« (und ebenso vielen Überstunden der chronischen Reparierer) und 345.800 Kilometer Laufleistung braucht sie nun einen großen Service.« Wollen die uns rollen? Wer hat die Laufleistung vollbracht und die Kilometer zurückgelegt, die Treppe oder wir?

Uwe ist fertig

Uwe ist der jüngste Mediziner, der je in Österreich promoviert hat. Aus diesem Anlass hat er uns einen Brief geschrieben. (Sonst hätten wir es vielleicht gar nicht erfahren.) Fabelhaft, Uwe! 22 Jahre, vier Monate. Und schon fertig.

Über drei Absätze beschreibt er die einzelnen Studienstreckenrekorde. Nebenbei war er wissenschaftlich tätig, absolvierte er Kurse und nahm an Kongressen teil. Wir glauben ihm jedes Wort. »Indikationen der konservativen Therapie bei parenchymatösen Verletzungen des Abdomens« erfindet man nicht.

Uwes »Gedanken zum Studium«: »Die Kraft zu meinem raschen und zielstrebigen Werdegang schöpfte ich aus dem tollen Verhältnis zu meiner Mutter und meinem Vater … In seiner Todesstunde gab er mir noch einen letzten Wunsch mit auf den Weg: ›Mein Sohn, du sollst dich bemühen, ein Arzt mit Klasse, aber vor allem auch mit Herz zu werden.‹«

Bevor Uwe abschließend seine »langjährige Freundin« würdigt, ohne die er nicht wäre, was er ist (fertig), verrät er uns seine Lebensphilosophie: »Wichtig ist, den Graben zwischen Entschluss und Ausführung äußerst schmal zu halten.«

Lieber Uwe, bleib dran! Und bitte halte uns stets auf dem Laufenden, wo du gerade operierst.

Kein Blatt vor dem Mund

Der Herausgeber des *WirtschaftsBlatts* animiert seine Mitarbeiter laut *profil* zu unbezahlter Eigenwerbung. Etwa: »Lassen Sie Restexemplare – auch alte Ausgaben – in Restaurants, Ordinationen, Zugabteilen liegen.« Oder: »Fragen Sie, sooft Sie können, in Trafiken, Kiosken und bei Kolporteuren laut und deutlich nach dem Wirtschaftsblatt (am besten montags und abends nach acht Uhr, wenn Sie sicher sein können, nicht kaufen zu müssen).« Aus gutem Grund bittet er zum Schluss seines internen Aufrufs um weitere PR-Vorschläge dieser Art. Wir erlauben uns, ein bisschen behilflich zu sein:

– Basteln Sie aus Restexemplaren lustige Papierhütchen und verwenden Sie sie bei Schnee, Regen oder auch als Schutz gegen Sonne. (Achten Sie darauf, dass der Schriftzug »Wirtschafts-Blatt« deutlich sichtbar ist.)

– Setzen Sie das Gerücht in Umlauf, dass es heuer absolut trendy sei, sich im Fasching als Wirtschaftsblatt-Kolporteur zu verkleiden.

– Mischen Sie sich unauffällig in Demonstrationszüge, entreißen Sie dem Anführer das Megafon und rufen Sie mindestens dreimal rhythmisch »Wirtschaftsblatt«.

– Täuschen Sie, nach Vorbild des Films »Harry und Sally«, in gut besuchten Lokalen lautstark Orgasmen vor und lassen Sie Ihre heftiger werdenden Stöhngeräusche im Wort »Wirtschaftsblatt« gipfeln.

Wir sind nicht Alaska

Gestern hat es bei uns geschneit. Ob es auch heute schneien würde, stand zu Redaktionsschluss noch nicht fest. Wahrscheinlich schon. Wahrscheinlich schneit es zunächst einmal bis Ostern. Sollte es bis Pfingsten weiterschneien, schneit es, weil's auch schon egal ist, über den Sommer hinweg durchgehend bis Weihnachten (Föhneinbruch) und weiter bis ins Jahr 2000.
Dieser Winter ist uns zu streng. Die Meteorologie versagt. Sie lässt jede Psychologie vermissen. So hören wir seit Allerheiligen: »Für diese Jahreszeit normal.« Aus dem Nordwesten ziehen nach Belieben Kaltfronten auf und schneien uns zu. Sind sie abgezogen, dreht der Wind und sie ziehen wiedererstarkt zu uns zurück. Dort warten sie auf das Eintreffen der nächsten Front.
Natürlich: ganz normal. Es sei eben Winter, heißt es. Aber nicht mit uns. Österreich darf nicht Alaska werden! Deshalb fordern wir:
– Die sofortige Einstellung jeder Niederschlagstätigkeit in Form von Schnee.
– Temperaturanstieg in allen Höhen um mindestens 15 Grad Celsius.
– Das blitzartige Aufblühen von Leberblümchen, Märzenbechern und Krokussen.
Sollte die radikale Umstellung nicht spätestens zu Frühlingsbeginn geglückt sein, droht die Besetzung der Wiener Hohen Warte mit umfangreichen Pkw-Blockaden. Selbstverständlich auf Sommerreifen.

Abarten von Schnee (I)

Drei Arten von Schnee schaffen es immer wieder, uns Ostösterreicher am jeweils falschen Fuß zu erwischen: Herbstschnee, der eintrifft, wenn noch keiner damit rechnet. Winterschnee, mit dem keiner rechnet, weil man nicht jederzeit mit etwas rechnen kann. Und Frühlingsschnee, der uns beim Leberblümchenstreicheln in den Rücken fällt.
Bei drei Arten von Schnee steht der Wiener Verkehr stiller als im zähesten Trockenstau. Bei Schnee, der liegen bleibt, weil es kalt ist. Bei Schnee, der liegen bleibt, obwohl es warm ist. Und bei Schnee, der liegen bleibt, weil ihm fad ist.
Drei Arten von Schneefall weiß der Wiener Autofahrer konsequent zu ignorieren: Schneefall von oben. Schneefall von vorne. Und Schneefall von allen Seiten.
Gegen sechs Arten von Schneeflocken sind unsere Häupter allergisch. Gegen spitze, stumpfe, harte, weiche, große und kleine.
Sechs Arten der Konsistenz von Schnee sind uns besonders verhasst: trockener, halbtrockener, feuchter, nasser, feuchtnasser und nassfeuchter.
Doch eine Art von Schnee schlägt in seiner Abartigkeit alle anderen. Es ist Schnee im Zustand der Verwesung. Wir Wiener nennen ihn Gatsch und versinken.

Abarten von Schnee (II)

Aus aktuellem Anlass nannten wir 22 Arten von Schnee, denen die Ostösterreicher kritisch bis feindselig gegenüberstehen. Betroffene Leser regten die Erweiterung der Liste um drei bösartige Formen von Schnee an, unter denen sie besonders leiden:
Schnee, der auf dem Gehsteig lauert und Passantenfüße anvisiert. Er hievt sich über Rist oder Fersenbein auf den höchsten Rand des Schuhs, von wo er sich ins dampfende Innere fallen lässt, sich an die warme Socke schmiegt und unter schmatzenden Geräuschen zu Eiswasser getreten wird.
Schnee, der auf dem Gehsteig lauert und Passantenhosen in Angriff nimmt. Er springt höher als sein Vorgänger und klammert sich am (Jeans-) Stoff über dem Unterschenkel fest, bis das Hosenbein vereist. Erst in warmen Stuben wird der Schnee flüssig. Und die Hose duftet nach Neusiedler See.
Schnee, der auf dem Dach lauert und ungeschützte Passantenhäupter ansteuert. Schwierigkeitsgrad eins: Er fällt als Staublawine und gibt sich mit weißer Kopfbedeckung zufrieden. Schwierigkeitsgrad zwei (nur bei Brillenträgern): Er baut sich schneeballförmig zwischen Augen und Gläsern ein. Schwierigkeitsgrad drei: Er erkennt den Spalt zwischen Passantenhals und -kragen und fährt als Eiszapfen ins Genick.

Der zweite Mann (III)

Vielleicht erinnern Sie sich noch an die hier gesponnene Theorie von der linearen Duplizität irdischer Abläufe. Sie besagt: Jeder von uns hat einen Zweiten, der im gleichen Rhythmus lebt. Die meisten lernen ihren »Partner« nie kennen. Zum Beispiel braucht Ihrer nur eine Minute früher unterwegs zu sein als Sie, schon verpassen Sie ihn ein Leben lang (um je eine Minute). Oder er ist Chinese. Da klappt's dann räumlich nicht.

Meiner wohnt um die Ecke und lebte exakt gleichzeitig mit mir. Ich sah ihn täglich in der U-Bahn, beim *Merkur* oder in der Herrengasse. Wir mochten uns nicht und begrüßten uns mit zugekniffenen Augen. Wir fühlten uns voneinander belästigt.

Durch einen verlängerten Urlaub auf Kreta konnte ich ihn im Sommer abschütteln. Es begann eine schöne, eine unbeschwerte Zeit. Ich war umgänglicher und ging mit offeneren Augen durchs Leben.

Vorbei! Am ersten Werktag des neuen Jahres saßen wir vis-à-vis in der U-Bahn. Vermutlich hatten wir unterschiedliche Datumssprünge, die uns wieder in den gleichen Rhythmus warfen. Vielleicht sollte ich einfach einmal mit ihm reden. Was sagen Sie?

Der zweite Mann (IV)

Ganz kurze Einleitung, viel Platz gibt's hier nicht. Behauptung: Jeder Mensch hat irgendwo auf der Welt einen Zweiten, der im gleichen Rhythmus lebt. Persönliches Pech: Meiner wohnt um die Ecke, wir treffen uns ständig, wir gehen einander auf den Geist. Frage an Sie: Soll ich ihn anreden? Leser-Echo: gewaltig, vielen Dank! Grundtenor: Nur nicht anstreifen! Hier ein paar Meinungen:

Leser Stefan E., vermutlich gerade der Zeitmaschine entstiegen, glaubt, dass mein Zweiter ich selbst bin, der bereits in der Zukunft lebt. (Stefan, Sie haben diesen Mann noch nicht geseeehen!)

Leser Manfred A. schwört auf »Simulation« und klärt mich auf, dass Menschen aufgrund von Speichermangel verdoppelt werden. Ein Programm überwacht, dass sich duplizierte Personen nicht treffen können. Gilt aber nicht für Nachbarn, die trifft man auch beim »Kleinen Buddha« auf Co Samui oder an der Pool-Bar in Varadero. Grüßen: ja. Reden: sinnlos.

Einzig Leser Clemens S. rät mir zum offenen Gespräch. »Vielleicht ist er nett«, meint er, »und ihr könntet synchronschwimmen gehen.«

Vertraulicher Inhalt

Im Bundesministerium für auswärtige Angelegenheiten wurden *mit Abziehklebefolien versehene Verschlusslaschen an die mit der Bearbeitung und Weiterleitung von vertraulichem Aktenmaterial befassten Bediensteten* ausgeteilt. Zumindest wurde dies vor einiger Zeit per Dienstzettel angekündigt.
Dazu enthielt das Schreiben den vertraulichen Hinweis: *Das Befeuchten der Laschen kann durch die Anschaffung von PLEMIX Anfeuchtern der Firma LAUREL, Fabrikationsnummer 0604, erleichtert werden ... Eine allfällige Beschaffung dieses Behältnisses sollte im eigenen Wirkungsbereich erfolgen.*
Zudem war dem Merkblatt der *in Kraft stehende Dienstzettel betreffend der Verwendung von Verschlusskuverts zur Beförderung von Geschäftsstücken vertraulichen Inhalts* beigelegt. Darin wird erinnert, dass *im Hause ausschließlich Kuverts zu verwenden sind, die mit einem der bekannten weißen Klebestreifen verschlossen werden, wobei jeweils nicht nur der Name des Empfängers, die Paraphe des Absenders und der Tag, sondern auch die Uhrzeit der Abfertigung einzutragen sind.* Die Abteilungsleiter seien dazu angehalten, *die Einhaltung zu überwachen.*
Wissen Sie jetzt, warum vertrauliche Inhalte immer seltener werden?

Verweigerte Wurst

Romana W. wollte unlängst Wurst erwerben. Generell ist zum Wiener Wurstverkauf zu sagen: Dieses Handwerk blüht. Durch raffinierte Kreuzungen mit der allseits bereiten »Pikanten« entstehen täglich neue Würste. Die Vitrinen erstrecken sich jeweils bis zum Horizont. Das flinke Wurstpersonal befindet sich mit fünf Handgriffen pro Minute auf Rekordkurs. (Nur die Nußdorfer Heurigenwirtinnen greifen angeblich noch schneller.)
So traf Romana W. an einem Freitagmorgen als erste Kundin auf vier wurstschneiderisch tätige, also voll beschäftigte Verkäuferinnen. Die einzige ansprechbare Kollegin outete sich sofort: »I bin nur fürs Fleisch.« Das schwächste Glied in der Kette der Aufschneiderinnen erbarmte sich schließlich und fragte: »Was hätten S' denn gern?« – »Fünfzehn Deka italienische Salami.« Da seufzte die junge Frau tief und fragte: »Darf's a ungarische sein?« – Die Frage irritierte die Kundin, lag doch der rote Zylinderriegel ihres Wunsches direkt vor ihren Augen. Deshalb: »Nein, lieber die italienische.« – »Tut mir Leid«, hieß es, »aber die is' noch net aufg'schnitten.« – »Ich will sie trotzdem«, entgegnete Romana eiskalt. »Das dauert aber«, warnte die Verkäuferin. – Bis heute.

Kinder fahren Auto

Um zu beweisen, dass sie groß geworden sind, machen die Kinder den Führerschein. Um zu zeigen, wie ernst es ihnen damit ist, treten sie mindestens dreimal an. Kommentar nach dem ersten Versuch: »Ah, so fragen die!« Nach dem zweiten Versuch: »Die wollten, dass ich einparke!« Nach dem (gelungenen) dritten (vierten, fünften) Versuch: »Totaaal easy!« Beinahe unter ihrer Würde.

Auf die elterliche Frage: »Weißt du eigentlich, was das gekostet hat?«, antworten sie gemeinhin: »Nein.« Aber weil schon gerade von Geld die Rede ist, fackeln sie nicht lange herum: »Ich brauche ein Auto, sonst verlern ich's.« Kaltschnäuzige Eltern erwidern: »Kauf dir eines.« Kaltschnäuzig groß gewordene Kinder kontern: »Gebt mir Geld!« Und so geht das immer weiter, bis die Kinder resignieren: »Dann gebt mir euren Autoschlüssel!«

Zum Zeitplan: Die Eltern fahren untertags (arbeiten, einkaufen und dergleichen), die Kinder am Abend »herum«, in der Nacht »fort« und in der Früh nach Hause, »ausschlafen«.

Besitzt die Familie *ein* Auto – dann bitte dieses. Besitzt sie zwei, dann bitte das bessere (neuere, größere, teurere). Besitzt sie irrtümlich ein rotes unter 60 PS oder 1.000 Kubikzentimeter Hubraum – dann soll sie es gefälligst für sich behalten. Da ist es für groß gewordene Kinder immer noch cooler, Straßenbahn zu fahren.

Die zeitgemäße Hauptfrau

Österreichs einziges weibliches Bundesland hat nun eine »Landeshauptfrau«. Die Staatsdruckerei ging im Amtskalender mit äußerster Brutalität vor: Sie entmannte Peter S.-B., der sich nun offiziell »Erster Landeshauptfraustellvertreter« nennt. (Das heißt: Er selbst tut es wahrscheinlich nicht.) »Hauptfrau« war bisher ein Begriff aus dem Herrensauna-Jargon und stand für die Bevorzugte unter vielen. Oder schlicht, wenn auch nicht einfach, für die Ehefrau. Beides hatte mit Politik nichts zu tun. Eher mit Jagdinstinkt und Beutewürdigung.
War eine Frau beruflich »Stellvertreterin« (eines Mannes), so war das, bitte schön, etwas Ehrenvolles. Ein Mann, der eine Frau stellvertrat, war hingegen ein Waschlappen. Ein »Hauptfraustellvertreter« klingt folgerichtig nach einem – wie steigert man Waschlappen?
Damit nicht genug: Wenn nun eine Frau Landeshauptmann plötzlich zur Landeshauptfrau mutiert, kann wohl der Mann einer Landeshauptfrau nur ein Herr Landeshauptfrau sein. Na, der wird sich freuen!
Eine Landeshauptfrau wird deshalb gut beraten sein, ihren Gemahl, den Herrn Landeshauptfrau, nie mit dem dienstlichen Untertan, dem Landeshauptfraustellvertreter, zusammenzuführen. Die beiden könnten sich in der Titelnot solidarisieren. Denn Mannschaften sind immer noch stärker als Parteien.

Schnaps vom Haus

Im Restaurant isst es sich angenehmer als daheim. Man muss nicht kochen. Man darf sich vom Teller vollinhaltlich distanzieren. Man muss weder abräumen noch Geschirr abwaschen. Man kann sich mit der Zunge die Zähne putzen, kaum einer hört zu. Kellner bedanken sich pausenlos grundlos. Und so weiter.

Leider ergeht sich die heimische Gastronomie zunehmend in einer besonders perfiden Art der Zwangsbeglückung. Kennwort: »Schnaps vom Haus.« Dieser kommt, wenn man gehen will. Überbringer ist zumeist der Chef persönlich. Dabei schult er sich in grob bestechlichen Augenaufschlägen.

Der Grieche bietet Metaxa, der Italiener Grappa. Der Österreicher wartet gern mit Obstlern auf, in einfacheren Häusern oft unter dem lüsternen Zusatz: »Selbst gebrannt!« (Des Wirten Stimmbänder belegen das Scheitern von Löschversuchen.)

Der Gast ist hilflos. Austrinken geht nicht (mehr). Zurückschicken wäre eine Beleidigung auf Lebenszeit. Einziger Ausweg: wegschütten. Dazu zwei Tipps:

– Immer einen Schluck Cola im Glas übrig lassen, um die Geschenke dazuleeren zu können. (Bei klaren Schnäpsen tarnt auch Wasser gut.)

– Setzen Sie sich in die Nähe von Pflanzen. Grüngewächse vertragen zwei bis drei Schnäpse pro Woche. Plastikblumen fünf Promille.

Blind Date

Ich finde, die Leute, die allein sind und zu zweit sein wollen, müssten einander mehr suchen, um einander zu finden – und sie sollten einander weniger treffen, um einander zu erschrecken. Ich sage das nicht aus ökonomischem Neid, weil ich es zu keiner Goldgrube namens Partnervermittlungsinstitut gebracht habe.
Aber ist das Kennenlernen eines Menschen, der zu einem passt und der gleichzeitig beansprucht, dass man selbst zu ihm passt, nicht schon schwer genug? Muss man dann auch noch Blindekuh spielen? Wer jemals die TV-Sendung »Herzblatt« sehen musste, kennt die erschütternde Szene, wo die Wand verschwindet – und das verbalerotisch aufgeganselte, frisch verkuppelte Paar bekommt einander erstmals zu Gesicht. In Bruchteilen von Sekunden weiß er: mit ihr schwer! Und sie: mit ihm nie! Oh Gott, und den beiden steht eine romantische Reise zu zweit bevor. Gut, beim Blind Date sind es nach den ersten fünf Schrecksekunden oft nur ein, zwei qualvolle gemeinsame Stunden. Aber auch die müssen erst einmal abgesessen werden.
Von allen Sinnen, die einen bei Liebesangelegenheiten blenden, ist der Sehsinn noch der verlässlichste. Will er/sie sie/ihn haben, muss sie/er ihm/ihr zunächst einmal optisch gefallen. Wenn's klappt, hat man ohnehin Dutzende Jahre Zeit einander gegenseitig zu versichern, dass es wichtigere Dinge als das Aussehen gibt.

Tarnung in Uniform

Zivilstreifen sind von nun an wieder in Zivil auf Streife. Anderthalb Jahre mussten sie sich Uniformen über ihr Ziviles streifen. Das hat sich nicht bewährt.
Dabei war das Projekt des Innenministeriums mutig, der Erlass keineswegs der Schildbürgerstreich, als der er angesehen wurde.
Der Zivilstreifengendarm war bis dahin einfach zu leicht zu erkennen: sein hungrig nach überhöhten Geschwindigkeiten Ausschau haltender Blick, seine offene Art des Kaugummi-Kauens, seine Ellbogentechnik beim Herauslehnen, sein lockerer Zeigefinger. Man sah es zehn Fahrzeuglängen gegen die Kolonne: Das konnte nur ein »Ziviler« sein. Da bedurfte es gar keines »Miami-Vice«-Tattoos auf dem trainierten Oberarm.
Die Idee des Ministeriums war gleichermaßen logisch wie genial: Schluss mit der Erkennbarkeit von Zivilstreifen! Stecken wir sie in Uniformen. Da sind sie unauffälliger. Denn Gendarmerieuniformen gibt es wie Sand im Getriebe, und alle sind gleich. Kein Autofahrer würde Verdacht schöpfen, dass sich dahinter eine Zivilstreife verbergen könnte.
Und dennoch: Die Trefferquoten bei Rasern waren geringer. Möglicherweise mangelte es den Gendarmen in Uniform an ihrer zivilen Motivation.

Weiche Männer (I)

Männer entwickeln sich. – »Zurück«, behaupten Feministinnen. »Sie stagnieren; ›zurück‹ geht nicht mehr«, behaupten Fundi-Feministinnen. Sollen sie spotten. Der entwickelte Mann kratzt sich am Lichthof seines Hinterhaupts, drückt die schiefe Brille auf die Nase und blättert unter »R« wie »Rindsroulade«.
In den 80er-Jahren hieß dieser Mann »Softie«. Keiner wollte sein wie er. Frauen brauchten ihn nur in der Küche. Und im Bett lag der »Macho«, glaubte der Macho und ging in die Kraftkammer, wo er noch heute übt. Nun hatte der Softie freie Entfaltungsmöglichkeiten. Das musste zu einer Weichmännerschwemme führen. Frauen überhäufen die Typen mit Kosenamen. Hier eine kleine Übersicht:
Das Weh. Der klassische Anti-Haudegen der Softie-Generation. Versucht alles, schafft nichts. Lebt die Niederlage. Frauen benützen ihn als letzte Anlaufstelle vor dem Selbstgespräch.
Der Wappler. Rechte Hand des Wehs. Steht diesem mit Rat und Tat zur Seite und partizipiert am jeweiligen Misserfolg. Frauen studieren ihr Adressbuch, wenn er ihnen die Welt erklärt.
Das Weichei. Voll im Trend, frisch gepellt. Zart besaitet, präventiv gekränkt. Stark in Ankündigungen von Härte. Gibt nach, wenn man ihn anschaut. Geht ein, wenn man ihn anspricht. Beliebt bei Frauen, die weder berühren noch berührt werden wollen.

Weiche Männer (II)

Unsere These lautete: Knapp vor der Jahrtausendwende häufen sich außerhalb der Fitnessstudios in beängstigendem Ausmaß die Weichmänner der Nation. Vielleicht ist es Zufall. Vielleicht Zivildienst. Vielleicht griff die mütterliche Erziehung der Söhne zum Gegenteil ihrer Väter. Die patzweichen Typen werden mit immer neuen Namen versehen. Wir begannen unsere Übersicht mit den drei Ws (dem »Weh«, dem »Wappler« und dem »Weichei«) und setzen heute flüssig fort:

Der Schwitzer. Kind der 90er-Jahre. Trieft bei Entscheidungen, statt sie zu treffen. Trocken nur im geselligen Zusammensein mit Kollegen nach Dienst. Angst vor Frauen. Ihnen dient er als Feuchtigkeitscreme-Ersatz nach dem Sonnenbaden. Vorsicht beim ersten Händedruck: Handtuch bereithalten.

Der Feuchtlipprige. Gehört zur Familie der Schwitzer. Hat schon viele Bücher über Flirten gelesen. Seine Merkmale: glurrende Glupschaugen und (siehe Bezeichnung). Frauen raten ihm, mit dem ersten Zungenkuss noch ein paar Jahre zuzuwarten.

Der Warmduscher. Kommt frisch aus München; soeben mit privatem Sitzpolsterüberzug (Namensinitialen von der Mama eingestickt) bei uns eingetroffen. Lässt sich Äpfel schälen und in kleine Stücke schneiden. Sucht Frauen mit Groß-Kinder-Wunsch.

Weiche Männer (III)

Leser Robert L., jüngst mit Diplom zum Aufzugswart befördert, legt Wert auf die Feststellung, dass er wohl ein einfühlsamer Mann sei, aber deswegen noch lange kein »Weh«, »Wappler« oder »Weichei«, geschweige denn ein »Schwitzer«, »Feuchtlippriger« oder »Warmduscher«. Seine Freundin könne dies bestätigen, befinde sich derzeit aber mit Kolleginnen auf Ibiza.

Abwarten. Im Sortiment der Weichmänner fehlen noch vier Charaktertypen. Hier in aller Kürze:

Das Würschtl. Kriegt es nicht mit. Könnte auch nichts dagegen unternehmen. Frauen sind müde, es ihm zu verraten.

Der Schnösel. Das Hirn der Weichen. Nasale Klänge, gespreizte Finger. Am stärksten ist er auf der Visitenkarte. (Als Journalist würde er sich »Kommunikationskonsultant« nennen.)

Der Nullgruppler. Materiell anwesend. Keine Stärken, keine Schwächen. Im Vorzimmer dient er Frauen als Kleiderständer. Im Schlafzimmer – würde er gern.

Das Lulu. Leider nicht nur ein Modewort. 9,8 Punkte auf der zehnteiligen Weichheitsskala. (Knapp hinter Fiocco-Eis nach zweistündiger Sonneneinstrahlung.) Sinkt im Stand, zerfällt im Gehen, zerbricht an seinen eigenen Worten. Frauen, die einen daheim haben, sind stolz, Singles zu sein. Ihre Freizeit verbringen sie mit Hartmännern, glauben Hartmänner. Und gehen in die Kraftkammer.

Heiter ist nicht wolkenlos

Glauben Sie bitte nicht, dass wir vom Wetter reden, weil uns fad ist. Die Regenfälle der letzten Tage (beginnend mit dem schicksalhaften Muttertag in geschlossenen Räumen) nahmen wir kommentarlos hin. Aber was ein Grazer Bürger im Dienste der meteorologischen Erhellung geleistet hat, darf nicht länger unerwähnt bleiben: Herr Magele ließ sich von der ORF-Wetterredaktion nach Jahren des Grübelns (der Menschheit) den Unterschied zwischen »heiter« und »wolkenlos« erklären. Vorweg das überraschende Ergebnis: Wolkenlos ist heiterer als heiter.

»Wolkenlos«, das ist ganz ohne Wolken. Man kann auch sagen: Der Himmel ist die Wolken los. Er tut so, als hätte er nie welche gehabt, als wüsste er gar nicht, dass es welche gibt.

»Heiter«, das ist zwar weitgehend wolkenfrei, aber insgesamt doch bewölkter als wolkenlos. Der ORF will sich nicht festlegen, spricht aber von »einem bis drei Achtel« Bewölkung. Wenn also jemand zu Ihnen sagt: »Heute ist es zwei Achtel bewölkt«, so erwidern Sie ruhig: »Ja, es ist heiter.«

»Wolkig«: vier bis fünf Achtel Bewölkung. Das ist, wenn die blauen Flecken auf dem Himmel etwa so groß sind wie die grauen.

»Stark bewölkt«: sechs bis sieben Achtel. Unter Laien hört man oft: »Benebelt.« Nach acht Achteln ist die Wolkendecke »geschlossen«. Viel verträgt sie nicht.

Nachruf

Vielleicht erinnern Sie sich noch. Er kam gern schon im März, pustete in der Früh den Reif von den Gräsern, jonglierte mit Wolken und Nebelfeldern, hob sich dabei aber nie einen Bruch. Er war ein Leichtgewicht. Wenn er übers Land zog, hinterließ er zarte Grüntöne, dirigierte er schüchterne Vogelchöre, legte er eine Spur sanfter Wärme an den Tag und auf die kühle Erde.
Er war ein Meister des Übergangs. Er ließ uns den strengen Frost vergessen und bereitete uns schonend auf übertriebene Hitze vor. Er war kein Hetzer und niemals selbst der Gehetzte. Er ließ die Zeit um sich reifen. Er war ausgeglichen, stets in seiner Mitte. Er war die Ruhe in Saison. Wenn es ihm gefiel, blieb er bis in den Juni hinein bei uns. Er war ein Ästhet, spielte mit Farben, umgab sich mit frischen Gerüchen. Und er war ein Modezar. Seine Marke hieß »Übergang«. Niemals gingen wir ohne seine Jacken außer Haus.
Nun, er ist nicht mehr. Zuletzt machte er sich immer rarer. Heuer warteten wir vergeblich auf ihn. Er kam mit den Extremen nicht mehr zurecht, wurde Opfer eines Klimas, das kein stetes Werden zulässt, nur noch ein schnelles Sein. Als er den Winter verabschiedete, fraß ihn der Sommer auf. Wir nannten ihn: Frühling.

Der zweite Mann (V)

Einige Leser wollen wissen, wie er aussieht. Andere werden mir bitte verzeihen, wenn ich noch ein letztes Mal vom »zweiten Mann« spreche. Grundtheorie: Jeder Mensch hat irgendwo auf der Welt einen zweiten, der im gleichen Rhythmus lebt. Meiner wohnt um die Ecke. Wir treffen uns täglich, zumeist in der U-Bahn. Er tut so, als würde er mich nicht kennen, was zum Glück der Fall ist und auf Gegenseitigkeit beruht.

Nun, er trägt graue Sakkos, Nähjahr 1980, hat ein Vollmondgesicht, einen strengen Spitzbart und einen silbernen Aktenkoffer, dessen Inhalt vermutlich aus Wurstbroten, Apfel, Latella und *TV-Media* besteht. Ich darf leider nicht verraten, in welchem Amtsgebäude er ein und aus geht, sonst hat er mich.

Leser Clemens S. gibt mir die Schuld am angespannten Nicht-Verhältnis. Er siedelt meine Theorie zwischen Eskapismusschleuse (»Irgendwo hat einer dasselbe Schicksal wie ich«) und Paranoia an (»Er verfolgt mich«). Echte Wahnzustände weckt in mir aber erst die Vorstellung, dass ich mit meinem Zweiten in tägliche »Grüß-Sie!-Wie-geht's-immer?«-Dialoge schlittern könnte. Dagegen hilft eben nur kompromissloses Wegschauen und Schweigen.

Ein Magazin wirbt

Liebe Bestellscheinausfüller und -füllerinnen! Wir freuen uns, Ihnen das wohl einmaligste Angebot seit der Erfindung einmaliger Angebote unterbreiten zu dürfen. Nehmen Sie unser … Nein, sagen wir es umgekehrt. Wir bieten Ihnen, Sie kriegen, gehört praktisch schon Ihnen:
1. Eine Reise für zwei. Eine Woche Mallorca in einem Mehr-Sterne-Hotel, Pool-Blick und Frühstücksbuffet (nichts einpacken, gell!).
2. Reiturlaub auf dem Bauernhof. Ein verlängertes Wochenende mit der Familie im Grünen. (Auch das geht vorbei!)
3. Ein Handy xl-f-300-de-luxe, goldmétallisé, mit Stereo-Lautsprecher, Zigarettenanzünder und 2.000 Anrufsignalen (darunter »Oiwei fesch« von den beliebten *Fidelen Krachledernen Dirndlvergenusswurzlern*).
4. Einen überlebensgroßen Exklusiv-Poster eines unserer wöchentlichen Helden (Kirchberger, Wegas, Polster, Klima).
Nehmen Sie dafür ein dreimonatiges Schnupper-Abonnement unseres mindestens 100 Seiten dicken 1-Schilling-Vollglanzmagazins »Megazin«, ermäßigt auf Schilling 0,5 (0,0363 pro Ausgabe). Bitte!

Trennkost

Ein Blick in die Auslage der Buchhandlung *Godai* in Wien-Hietzing gibt uns mögliche Antworten auf die Fragen A: Was lesen die Österreicher derzeit am liebsten? Und B: Was würden die Österreicher derzeit am liebsten essen?
Hier einige Titel der ausgestellten Bücher: *Das große Praxisbuch – Apfelessig. Gesund und schlank durch Erdbeeren. Gesund und schlank* (ohne Erdbeeren). *Fit mit Molke. Fit ohne Fett.* (Vermutlich in Arbeit: Fit mit Molke ohne Fett.) Ferner: *Gesund von der Fensterbank. Schlank und fit durch Saftfasten. Typgerechtes Fasten, leicht gemacht. Die neue F.-X.-Mayr-Kur.* (Heißt der Weinbauer nicht F. X. Pichler?) *Gesund abnehmen mit Topinambur. Heilen mit Edelsteinen.* (Leider eine teure Kur.) *Die Heilsteine der heiligen Hildegard. Das Superbuch der Trennkost. Die neue Fit for Fun Diät. Die Original Bach-Blüten-Therapie. Stirb langsam, I bis III.* (Kleiner Scherz.) *Fußreflexzonenmassage. Fit for Beach. Handbuch der kalifornischen und englischen Blütenessenzen. Wie neugeboren durch Fasten …*
A: Was lesen die Österreicher derzeit am liebsten? Antwort: Nichts außer B.
B: Was würden die Österreicher derzeit am liebsten essen? Antwort: Nichts.

Im Land der Perchten

Eine seriöse Brüsseler Untersuchung über Charakteristika der Bürger neunzehn europäischer Länder kommt zu dem Ergebnis: Die Österreicherinnen sind »least attractive«, also die Allerhässlichsten. Die männlichen Österreicher rangieren vor den Belgiern an vorletzter Stelle. Wer jemals dem »Millionenrad« im Fernsehen beiwohnen durfte, sieht die Studie mit anderen Augen: Auch Österreichs Männer hätten sich den letzten Platz verdient.
Warum sind ÖsterreicherInnen so hässlich? Zunächst bieten sich ausweichende Antworten an: Sie essen viel und bewegen sich wenig. Das betont Gesichter und betoniert Figuren. Sie kleiden sich bequem. Das führt zu Jogginganzügen und Leggings. Sie machen aus ihren Haaren viele kleine Locken, färben sie blond, kürzen sie unzeitgemäß, waschen sie oft tagelang nicht oder kaschieren deren Ausfall mit untauglichen Mitteln.
Zweite Möglichkeit: Österreichs BewohnerInnen sind von Natur aus hässlich. Das war auch schon David Humes deprimierende Erkenntnis aus dem 18. Jahrhundert: »Sosehr das Land in seiner Wildheit angenehm ist, sosehr sind die Bewohner … grässlich in ihrer Erscheinung. Das allgemeine Aussehen der Leute ist das Schockierendste, was ich je gesehen habe.« Hume sprach nur über die Steirer. Restösterreich reagierte offenbar mit landesüblicher Solidarität: Jetzt erst recht!

Diesmal war's die Amsel

Wir reden ja ungern von unserer Arbeit (es sollte reichen, dass wir sie tun), aber Kollege F. zwingt uns diesmal dazu.
Er ist mit dem Büro des Wiener Magistratsdirektors verbunden und stellt die üblichen kurzen, sachlichen Fragen, auf die es die üblichen langen, sachlichen Antworten gibt, woraus (für uns Zimmerkollegen) die üblichen langen, sachlichen Pausen entstehen. In einer solchen ereignet sich ein unüblich unsachlicher Recherche-Zwischenfall: Kollege F. muss gähnen. Nicht tonlos. – Beginnend mit »Uuu« ist jeder Selbst- und Umlaut vertreten. F. weiß, was er seinem Informanten signalisiert hat, und wehrt sich mit den Worten: »Verzeihung, das hat natürlich nicht Ihren Ausführungen gegolten.« Sondern? – »Ich bin entsetzlich müde.« (Die hellhörigen Kollegen warten gespannt auf die Begründung.) – »Heut um halb sechs hat mich eine Amsel aus dem Schlaf gerissen.«
Im Magistrat ist man souverän genug, das Thema zu wechseln. Doch wir wollen es genauer wissen. Kollege F.s erschütternder Report: »Wir wollten dem Straßenlärm entkommen und haben unsere Betten einem ruhigen Innenhof zugewandt. Dort zwitschert jeden Morgen eine Amsel. Das geht durch Mark und Bein. Und weit und breit kein Pressluftbohrer, der das Geräusch übertönt.« – Manchmal teilt die Natur unbarmherzig aus.

Verfolgung mit Panflöten

Robert mag Straßenmusik. Geigen würde er zwar geschlossen aus dem Verkehr ziehen. Und wer innerhalb einer Stunde dreimal die »Mike-Hammer-Melodie« bläst, sollte dazu angehalten werden, sein Saxophon zu schlucken. Aber Gesangsstudentinnen, die zu Tonbandbegleitung »Ave Maria« geben, würde Robert am liebsten vom Fleck weg adoptieren – und ihnen Jusstudien finanzieren.
Traumatisch wird die Sache bei den Südamerikanern. Hier gibt es eine bolivianische Musikertruppe, die es sich offenbar zum Ziel gesetzt hat, Robert durchs Leben zu begleiten. In der Wiener Kärntner Straße sah er sie zum ersten Mal: fünf fröhliche Gesellen mit Panflöten, bunt gestreiften Ponchos und Haaren, die fast den Boden berühren (nicht weil die Haare so lang, sondern weil die Männer so klein sind). Tags darauf hatte Robert in Graz sein erstes bolivianisches Déjà-vu-Erlebnis. Am Marktplatz warteten sie schon und grinsten. Weitere Begegnungen in Paris, Salzburg und (drei Stunden später) in Linz wurden immer einseitiger herzlich. In Rom verspürte Robert erstmals Angst. Seit dem schockierenden Wiedersehen auf der Prager Karlsbrücke gastiert die Gruppe auch in seinem Schlafzimmer.
Jüngst hatte er einen schrecklichen Alptraum: Da waren die fünf Gleichen plötzlich hundert Verschiedene und gaben im zu Ehren ein gigantomanisch-bolivianisches Platzkonzert.

Scheidung auf Klick

In den USA können sich Eheleute bereits via Internet scheiden lassen. In Österreich noch nicht. Aber wenn einmal, dann etwa so:
Lieber Berti, wir sind jetzt 17 Jahre verheiratet. Es war eine schöne Zeit, vor allem die ersten drei Monate. Erinnerst du dich? Aber ich glaube, wir haben uns ein bisschen auseinander gelebt. Die Kinder sind jetzt auch schon größer. Und der Wastl geht ohnehin lieber mit dir Gassi.
Kommen wir zur Sache: In deiner Mailbox findest du ein Dokument mit dem Titel *Ade@bert*. Mit Doppelklick kommt die Erklärung. Du brauchst nur auf »Einvernehmlich« und »Enter« zu drücken. Damit ist das erledigt. Jetzt geh auf *Ade@kind*. Das ist das Besuchsrecht. Klicke »nach Vereinbarung« an. *Ade@gut* sind unsere Güter. Das kannst du ungeschaut schicken. Du behältst die CDs, ich nehme die Bücher. Überflieg dann *Ade@notar* und schicke es. Wenn du jetzt *Ade@baba* aufmachst, siehst du »Abbrechen« und »OK«. Grübeln bringt nichts! Drücke OK und wir sind endgültig geschieden.
Ich hoffe, ich hab dich nicht zu sehr aufgehalten.
Deine Ursi.
PS: Wir können ja Freunde bleiben. :-)

»Hamma net« (I)

Österreichs Gastgebercharme ist unerschütterlich. In den fetten Jahren, als Deutschland im Sommer die heimischen Badeseen zudeckte, entwickelten die Hausherren natürliche Abwehrkräfte. Grundtenor: »Wenn euch bei uns was net passt, bleibt's daheim.«
Nun, da die Anzahl der Nachrangtafeln bereits hinter jener der »Zimmer-frei«-Schilder zurückzufallen scheint, reagiert die Gastronomie vielerorts mit einer Mischung aus gekränktem Stolz und geplagter Langeweile. Das Personal in den Gastbetrieben brilliert dabei durch knappe Formeln rhetorischer Unlust. Kernaussage und oberstes Gebot des heimischen Sommerfremdenverkehrs auch heuer: »Hamma net.« (Steirisch: »Houma neid.« Kärntnerisch: »Homaa nit!«)
Gast: »Guten Tag, haben Sie ein Zimmer frei?«
Gastronom: »Für wie lang?« Gast: »Eine Nacht.«
Gastronom: »Hamma net.« Gast: »Zwei Nächte.«
Gastronom: »Muss i erst schauen.«
Weitere Lieblingssprüche in Österreichs verwaisten Pensionen: »Is' heut schon aus.« »Muss i erst den Chef fragen.« (»Der Chef is' net da.«) »Darf ich abkassieren?« – »Es wär dann schon Küchenschluss.« »Heut sperr' ma früher.« – Und bald sperr' ma überhaupt.

»Hamma net« (II)

Bedingt durch die Heimkehr des Österreich-Urlaubers P. nach Wien erreicht uns soeben ein neues Fallbeispiel zum Thema »Hamma net!«, einem kürzlich hier ausgewiesenen Stehsatz des heimischen Fremdenverkehrs.

Gast P. im Restaurant: »Bitt schön ein Schnitzel mit Erdäpfelsalat.« Kellner: »Ein g'mischter wär dabei.« Gast: »Statt dem gemischten einen Erdäpfelsalat, bitte.« Kellner: »Hamma net.« Gast: »Wieso, da steht doch: ›Scholle mit Kartoffelsalat.‹« Kellner: »Ja, bei der Scholle is' a Kartoffelsalat dabei.« Gast: »Gut, dann krieg ich einen Erdäpfelsalat und statt der Scholle einfach ein Schnitzel.« Kellner: »Des geht net.« Gast: »Des gibt's net.«

Kellner: »Die Salate sind abgezählt, tut mir Leid. Wenn S' an Kartoffelsalat wollen, müssen S' a Scholle bestellen.« Gast: »Ich krieg also kein Schnitzel mit Kartoffelsalat?« Kellner: »Außer Sie bestellen den Kartoffelsalat extra, den muss i Ihnen aber extra verrechnen.« Gast: »Und wenn S' den g'mischten Salat weglassen, kostet das auch was?« Kellner: »Nein, des wär dann gratis.«

Hamma net (III)

Aus gegebenem Anlass sehen wir uns gezwungen, dem »Hamma-net«-Syndrom im heimischen Fremdenverkehr ein weiteres Kapitel zu widmen:
»Macht's noch einen dritten Teil?«, fragte uns der prominente Leser Thomas Chorherr, über niederes Konkurrenzdenken erhabener Herausgeber der *Presse*, am Telefon. »Wenn ja, dann hätt ich was für euch.«
Bucklige Welt, Sommerfrische, Qualitätsrestaurant. Spezialität des Hauses: Innereien. Chorherr: »Die gebackene Leber, bitte.« Kellner: »Hamma net!« C.: »Wieso net?« K.: »Samstag und Sonntag im Sommer nie. Wird nur Montag und Dienstag frisch geliefert.« (Mahlzeit an alle Freitag-Leber-Esser!)
C.: »Gut, dann das Backhendl.« K.: »Hamma net.« C.: »Gibt's doch net.« K.: »Oh ja, Hendl im Sommer nur auf Vorbestellung.«
Der Gast rettet sich über ein Gericht dritter Wahl zum mit Vorfreude erwarteten Dessert. C.: »Die Palatschinken, bitte.« K.: »Hamma net!« C.: »Machen S' an Witz!« K.: »Leider nein, wir haben derzeit Personalnot in der Küche.« C.: »Soll ich aushelfen?«
Thomas Chorherr: »Unglaublich, das war der Hattrick, das könnt's ruhig schreiben.« – Danke schön!

Pferd im Weg

Pferde gehören auf die Wiese, auf die Weide, in den Wald, in die freie Wildbahn, in den Stall, vor die Tränke, in den Zirkus, ins Karussell, in die Prärie, in die Camargue, in einen Wildwestfilm, in einen zweiten Wildwestfilm, in den Film »Sie nannten ihn Pferd«, in die Spanische Reitschule, (im Falle des Brandes der Hofburg) rasch aus der Hofburg, auf die Rodeostrecke, unter den Sattel des Hugo Simon, auf die Ponyranch des Dr. S., auf die Wandtapete der Uschi Holzinger, in die Pferdeleberkäs-Semmel der Mimi Holzinger (nein, das war gemein, das nehme ich zurück), in die Kuscheltierecke, in die Krieau, in die Freudenau, auf den Weg von der Krieau in die Freudenau und umgekehrt, bei Abenddämmerung an den Strand, bei Morgendämmerung an den Strand, ins wilde Kurdistan, von Bagdad nach Kairo, von Scheibbs nach Nebraska, auf den Planet der Einhufer …
Pferde gehören NICHT – in Form sich epidemisch verbreitender Fiaker-Gespanne zur ironisierenden Belustigung gelangweilter Städtetouristen – in den dichten Frühverkehr der einspurigen Wiener Schottengasse. NICHT, wenn mein Fahrzeug in der Kolonne dahinter steht. Und eigentlich auch sonst nicht.

Gel, gö, goi (I)

Neben dem großen »Gel«, das man sich in die Haare schmiert, um Elvis näher zu sein, verfügt die österreichische Sprache über das zeitlos populäre kleine »gel«, in dessen Artikulation man seine gesamte Persönlichkeit hineinlegen und viel über seinen mundartlichen Ursprung verraten kann. Das gemeine »gel« steht am Satzende und hat Fragecharakter. Es bedeutet: »Hast du verstanden, was ich dir sage, und meinst du nicht auch, dass es sich so verhält?« Das *Österreichische Wörterbuch* erklärt: »Gel« (auch »gell«) kommt von »gelt« und heißt: »Gilt es?« oder: »Nicht wahr?« (Auf gut Deutsch: eine Art »Isn't it?«)

Derzeit boomt eine – dem Wiener Ohr, das auf »gö« (do schaust!) trainiert ist, schweres Leid zufügende – »Gel«-Variante. Sie klingt schlimmer als das bayerische »gä?«, welches den so Gefragten in Verruf bringt, ein bisschen infantil zu sein. Dieses Mode-Gel lautet: »goi«. Wer es ausspricht, will uns sagen: »Die Donau hört nicht plötzlich bei Passau auf und fließt erst wieder ab Ybbs weiter; um es der Welt zu beweisen, genügt uns diese eine Silbe.« Schön, dass es so viele Oberösterreicher in Wien gibt, goi? Das sind angenehme, liebe Leute.

Gel, gö, goi (II)

Leserin Sarah L. behauptet, dass das Wörtchen »gel«, welches uns Österreichern hilft, jeden noch so bedeutungslosen Spruch mit Würde zu beschließen, von »vergelten« komme, mehr noch biblisch von »Vergelt's Gott«. Das würde die wienerische »Gö«-(do-schaust-)Skepsis gegenüber der beliebten Mühlviertler Gaumenfreude »goi« erklären. Diese ginge dann auf ein destruktives »Vergeud's Gott« zurück. So kann's der Wortschöpfer nicht gemeint haben.
Wie wenig wir hier in Wien wissen, welche Sprache in Kärnten gesprochen wird, beweist uns Leser Edi G. Er besuchte seine achtjährige Nichte Miriam in den Alpen. Und hörte unter anderem: »Heit gemma mia wieda in die Schwammalan, ga?« Oder: »Edi, der Ralf liagt schon wieda umma, ga?« Oder: »Mama, zu Weihnocht'n kriag i heia schon a Ple Steschn, ga?«
Auch aus der pannonischen Tiefebene langt eine »Gel«-Manipulation ein. Sie hat galoppierenden Sprachcharakter und hört sich nach »gaijou« an. Somit sind die Burgenländer die Ersten, die sich die Suggestivfrage »gel« gleich selbst mit »ja« beantworten. Und auch für die Supi-Gutl-Tschüssi-Generation ist wieder was Feines dabei. Sie schwört auf »gelle«.

Gel, gö, goi (III)

Einmal geht's noch, gel? Für Quereinsteiger: Der Österreicher braucht zur sicheren Landung einer mündlichen Botschaft ein fragendes »Gel« oder »Gell« am Ende. Unsere Tante Helga sagte: »Gelt?«, wir antworteten: »Ja, gern!«, doch wir bekamen keinen Schilling. Der echte Wiener tendiert zu »gö« (z. B: »Net deppert schaun, gö?«). Der Oberösterreicher erobert gerade die Welt per »goi«. Der Burgenländer schwört auf »gaijou«. Der Bayer schließt das deutsche Eck mittels »gä«.

So. Und dann gibt's noch »gelle«. Das rechneten wir der Supi-Gutl-Tschüssi-Generation an. – Dagegen wehrt sich Leser Hans M. aus Frankfurt am Main. Er behauptet: »Gelle ist hessisch.« Die »besagte Generation« müsse es abgeguckt und nach Österreich verschleppt haben. Und noch ein Zweites: »Dass ›gell‹ und ›gelle‹ ohne Verlust des suggestiv-fragenden Charakters auch am Satzanfang stehen können, zeigt sehr schön ein Lied aus der Mainzer Fastnacht«, erklärt uns Herr Hans. Dieses Lied wollen wir unseren Lesern nicht vorenthalten: *Gell, du hast mich gelle gern, gelle ich dich a, gelle wenn ich lache tu, gell, dann lachste a.* – Es hilft nichts, die Deutschen haben einfach den ausdrucksstärkeren Humor.

Vornehm trinken

Liebe Wirte und Wirtinnen der Spitzengastronomie Österreichs, wir schätzen euch, das wisst ihr. Wir lieben eure Speisen, die oft aus mehr Worten als Bissen bestehen. Wir geben alles dafür, wenig zu kriegen, und das auf möglichst großen Tellern. Ja, es ist uns ein Bedürfnis, eure Gourmettempel hungrig zu verlassen, mit der Vorfreude, gleich nach dem Monatsersten für eine weitere Entschlackungsrunde bei euch zu gastieren.
Aber bitte lasst die Faxen mit dem Wein! Wenn wir eine Flasche bestellen, so hätten wir sie gern bei uns auf dem Tisch. Also hört auf, die Bouteillen nach Etikettenkunde und Korkentest wieder einzukassieren und für uns unerreichbar abzustellen. Schenkt euch überhaupt das Nachschenken. Wir wissen besser, wann die Zeit reif ist für den je nächsten Schluck.
Im Übrigen mag es vielleicht schick sein, die Karaffe vor unseren Augen mit Wein auszuspülen, auf dass er sich entfalte. Aber nehmt dafür »Bürgerstolz« vom *Zielpunkt* und nicht unseren kostbaren Cabernet Sauvignon.
Und wenn uns eine Flasche zu viel ist, dann bietet uns gefälligst anständige Vierteln an und foltert uns nicht mit 0,1-Liter-Ampullen für vierzig Schilling aufwärts. Sonst könnt ihr uns demnächst glasweise!

Entführungsurlaub

Unlängst schwärmte eine Frau Gudrun in einer Kultursendung vom Reiseland Jemen, wo es pauschal noch keinen Tourismus geben soll, nur extrem freundliche Araber. Knapp bevor Millionen Zuschauer Flugtickets in den Jemen buchen konnten, warf die Moderatorin kritisch ein: »Ist das Land nicht gefährlich? Werden dort nicht immer wieder Frauen entführt?« – Gudrun freute sich über diese Frage und erwiderte: »Ja, ja, vor allem Touristinnen, aber die Geiseln werden an sich gut behandelt und nach dem Urlaub waren immer alle zufrieden.«
Das war mehr als ein Dialog. Das war eine Herausforderung. Denn wir Urlauber sind Abenteurer. Wir haben regungslose Elefanten bestiegen, auf versickernden Flüssen Rafting betrieben. Und im zehn Meter tiefen Ozean haben wir durch unsere Taucherbrillen gestochen scharf in die dreimal so großen Augen des Trafikanten von nebenan geblickt. Uns schockiert nichts mehr.
Wir wären reif für die gebuchte Geiselnahme. Uns fehlt nur noch ein »Reisebüro Serail« und dessen Angebot: »Fliegen Sie nach Jemen. Lassen Sie sich entführen. Wählen Sie Ihre bevorzugte kriminelle Organisation. Bestimmen Sie Kidnapping-Ort und -Dauer. Und sollte für Sie wider Erwarten kein Lösegeld bezahlt werden: Geldzurückgarantie.«

Immer im Bilde

Angeblich existieren Fotos vom Nationalratspräsidenten mit einem (mittlerweile liquidierten) Paten der russischen Mafia. Für die FPÖ beweisen sie, dass die beiden unter einer Decke steckten. Das wird unseren ehemaligen Studienkollegen Florian, der es mit Frauen ohnehin nicht leicht hat, freuen: Er besitzt Bilder von sich mit Claudia Schiffer. (Sie auf dem Laufsteg, er im Publikum.)

Nun gibt es tatsächlich Personen, die man weder beruflich noch privat kennt, mit denen man auch noch nie ein Wort gewechselt hat, aber irgendwie sind sie einem vertraut. Und irgendwann kommt man dahinter, wieso: Sie winken einem praktisch aus jedem zweiten Foto entgegen und sind dabei bis ins Familienalbum vorgedrungen.

Es sind Menschen, die instinktiv spüren, wenn jemand die Kamera hebt und wohin er sie richtet. Manche erkennt man stets nur verschwommen, sie schaffen gerade noch den Sprung ins Bild. Echte Profis rücken bis ins Zentrum vor.

Was sie motiviert? Vielleicht das unentgeltliche Abgelichtetsein. Vielleicht die Hoffnung, entdeckt, vergrößert oder gar ausgeschnitten zu werden. Vielleicht ist ihr Ziel, zum Wiener Opernball eingeladen zu werden. Bis sie eines Tages prominent genug sind, selbst einzuladen.

Lustig frühstücken

In einem traditionellen Wiener Café, dessen Chef dem Kaffeehaussterben besonders engagiert entgegentritt, hat Leserin V. jüngst erfolgreich gefrühstückt. Erst beim Zahlen gab es Auffassungsunterschiede. Das »klassische Wiener Frühstück« kostete 49 Schilling, der Kellner verlangte mehr als 60.

Seine Begründung: »Sie haben kein klassisches Frühstück bestellt!« Tatsächlich: Sie hatte »Melange und Buttersemmel« gesagt. Ihr gar nicht schlechtes Gegenargument: »Das ist das Gleiche!« Tatsächlich: Ein »klassisches Frühstück« erschöpft sich laut Speisekarte in »Melange und Buttersemmel«.

Der Kellner klärt auf: Beim »klassischen Frühstück« werden Melange und Buttersemmel gleichzeitig serviert, auf *einem* Tablett. Bei »Melange und Buttersemmel« werden Melange und Buttersemmel unabhängig voneinander gebracht. Daraus ergibt sich ein zusätzlicher Arbeitsschritt. Daraus erklärt sich der höhere Preis.

Weil Wiener Kaffeehausgeschichten meistens gut ausgehen, drückt der Gastronom »ausnahmsweise ein Auge zu«. Der Gast muss nur ein »klassisches Frühstück« bezahlen. »Aber das nächste Mal bestellen S' richtig, gell?«, rügt der Kellner. V. kommt mit dem Staunen davon.

Die Hinterfüllung

Wer ein neues Haus besitzen und bewohnen will, hat drei Möglichkeiten: Entweder er kauft eines. Oder er baut eines. Oder er lässt eines bauen. Das mit Kleinkind und zwei (weiteren) Fulltimejobs ausgestattete junge Wiener Ehepaar K. wählte die kostspielige Variante drei (und ersucht um psychologische Betreuung).
Denn: »Haus bauen« heißt, dass man sich um den Bau des Hauses selbst kümmern muss. »Haus bauen lassen« aber bedeutet, dass man sich nicht nur um den Bau, sondern auch um die Bauer des Hauses kümmern muss. Bei manchen Tätigkeiten treten Professionisten mehrerer Firmen gegeneinander an. Zu anderen fühlt sich wiederum keiner berufen.
Wir blenden uns in die Ausbauphase 117 (von 345) ein: Keller vorhanden, Nerven weg, Haus ragt noch nicht aus der Erde. Bauleiter: »Wissen S' eh, a Hinterfüllung brauchen S'!« (Er meint: Schotter rund um den Keller.) Familie K.: »Ah so? Gerne.« Bauleiter: »So was mach'n wir aber leider net!«
Familie K. lässt sich beraten. Experte eins: »Nehmen S' an Betonschotter.« Experte zwei: »A gute Rollierung wär wichtig.« Experte drei: »Der Überlauf muss passen.« Experte vier: »Da würd ich einen normalen Rollschotter empfehlen.« – Verkäufer eins: »Hamma net!« Verkäufer zwei: »Einen Riesel können S' haben.« Verkäufer drei: »Gewaschen oder ungewaschen?«

Kaputter Komfort

Robert besitzt: Waschmaschine plus Wäschetrockner, Farbfernseher, Videorekorder, zwei CD-Player, Mini-Disc-Player, Plattenspieler, Kassettendeck, zwei Radiogeräte, Radiowecker; Kühlschrank, Gefriertruhe, Geschirrspülmaschine, E-Herd, Backrohr, Mixer, Toaster, Fondueausrüstung, Kaffeemaschine, Espressomaschine, Mikrowellenherd; Staubsauger, Bohrmaschine, zehn Beleuchtungskörper, sechs Heizkörper; Haarföhn, Rasierapparat, Bartschneider; einen Computer mit Bildschirm und Drucker, ein Notebook; natürlich einen Pkw und ein Mountainbike.

In den vergangenen drei Jahren war jedes der soeben genannten fünfzig technisierten Besitztümer des täglichen Überlebens im erzwungenen Wohlstand zumindest einmal, manch eines dreimal und manches gar fünfmal kaputt. Sagen wir es lauter: KAPUTT! Im Schnitt waren mindestens vier der unverzichtbar gewordenen Produkte einmal im Monat: KAPUTT!

Als Robert merkte, dass er dafür arbeitete, sich die genannten Güter anzuschaffen, und dass seine Freizeit dabei draufging, die Reparatur der Güter zu organisieren, wanderte er aus. Das heißt: Er übersiedelte – in eine größere Wohnung.

Wie man Kellner ruft

In den Gaststätten Österreichs ist das Bestellen schwieriger geworden. Es gibt immer weniger Personal, weil die Zeiten schlechter sind, als der Chef es verdient haben will.
Die wenigen Servierkräfte tauchen selten auf. Und wenn, dann verschwinden sie rasch wieder, weil sie zu viel zu tun haben, um sich um Einzelfälle zu kümmern. Sind sie einmal da, schauen sie so traurig, dass man es oft nicht übers Herz bringt, etwas zu bestellen. Denn das könnte sie endgültig aus der Bahn werfen.
Manchmal erwischt man sie von hinten, schemenhaft, über einen fernen Tisch gebeugt, wo sie gerade abkassieren. – Das ist die große Chance. Jetzt muss man sie herrufen. Aber wie sagt man? Wie nennt man sie? Bei Männern geht's leichter:
– Klassisches Kaffeehaus, steifer Herr in Schwarzweiß mit Silbertablett. Ganz klar: »Herr Ober, bitte!«
– Bürgerliches Restaurant, der Mann im grünen Gilet, das nach Schnitzel duftet: »Herr Kellner, bitt schön!«
– Einfacher Wirtsbetrieb, berühmt für sein saftiges Freitag-Beuschel, serviert vom feschen Kurti: »Meister, gengan S'!«
– Vorstädtisches Stambula-Espresso mit speckigrotem Plüsch-Interieur, zuletzt geputzt bei der Eröffnung 1974. Einsame männliche Gestalt, mitten im entscheidenden Darts-Wurf: »Herr Cheeeef, kumman S'!«

Verbotene Fräuleins

An unserer Theorie, dass es für den Gast immer schwieriger wird, in Restaurants oder Cafés etwas zu bestellen, hat sich in der Zwischenzeit nichts geändert. Kürzlich bemühten wir uns von dieser Stelle aus, nach männlichem Personal zu rufen (Ober, Kellner, Meister, Chef).

Nun erhöhen wir den Schwierigkeitsgrad und versuchen, weibliche Servierkräfte, die uns den Rücken zukehren, an den Tisch zu bekommen. Zum Beispiel mit:

– *Frau Ober!* Wenn sich nichts rührt, versuchen Sie es mit »Schwester Oberin«.

– *Frau Chefin!* Die wenigsten sind es, die meisten leiden darunter.

– *Kollegin!* Im schlimmsten Fall lässt man Sie dafür Tische abservieren.

– *Frau äh!* Der Geheimtipp. Man muss sich nur drübertrauen.

– *Entschuldigen!* Devote Gäste sind beim Personal sehr beliebt. Sie zeichnet die Qualität des Wartens aus.

– *Gnädigste!* Wem Gnade gebührt. Resches Personal neigt zur Gnadenlosigkeit.

– *Fräulein!* Jahrzehntelang durften wir. Es hatte Charme und Pfiff. Über fünfzig freuten sie sich und den Jungen schadete es nicht. Doch die Frauen wollen nicht mehr. Sie drohen uns »Männlein« an. Da schon lieber hungrig nach Hause gehen.

Verzichtserklärung

Der Österreicher ist wetterfühlig. Ist es kühl, fühlt er sich erfroren. Ist es schwül, fühlt er sich verarscht. Er glaubt sich dann psychisch im Urlaub, sitzt aber physisch oft eindeutig im Büro. Und dort verlangt man die gleiche Leistung, die er schon im Winter ungern erbringt, obwohl da die Temperaturen um einiges menschlicher sind.

Vor allem der Wiener neigt bei wiederholter Hitze zur rigorosen Arbeitsniederlegung. Er hat sich dafür ein international beispiellos ausgereiftes Sortiment an Alltagsabsagen und -verweigerungen zurechtgelegt. Hier die gängigsten: *Do stö i mi net hin. Des tua i ma net an. Do kennan sa se an andern such'n. Do wer'n sa se scho an Depperten find'n. Des rentiert si net. Des zoit si net aus. Des fong i ma goa net an. Hot eh kan Sinn. Des san leere Kilometer. Des bringt nix. Do hot kana wos davon. Des rühr i bessa goa net an. Soll i mi zareiß'n? Do verbrenn i mi net. Do verkühl i mi net. Des kennan S' mit mir net moch'n. Do loss i die Finga davon. Des hot kan Rebbach. Dafia strudl i mi net o. Do moch i ma di Händ net dreckig.*

Und Wiener, denen mehr als zwei Worte zu anstrengend sind, haben immer noch die Wahl zwischen *Za wos?* und *Ohne mi!*

Belanglosigkeiten (I)

Unerfreulich: Nirgendwo ist die Kommunikation schlechter als in einem Kommunikationsunternehmen. Erfreulich: nicht so bei uns. Hier eine Textprobe aus unserem täglichen E-Mail-Geschäftsverkehr:
Kollegin K: *Aufgrund einer Verwechslung durch die Reinigungsdamen haben wir jetzt eine Kaffeekanne, die leider nicht zu unserer Kaffeemaschine passt. Sollte es noch jemandem so gehen, wäre es ja ganz nett, wenn wir wieder zurücktauschen! Bei allen Super-Beschäftigten möchte ich mich für die Störung durch solche Belanglosigkeiten entschuldigen!*
Darauf Kollege P: *Nicht genug, dass man durch Belanglosigkeiten gestört wird, wird man jetzt auch noch durch belanglose Entschuldigungen gestört!*
Kollege F: … *und durch Beschwerden über belanglose Entschuldigungen!*
Kollege P: … *und durch Antworten auf Beschwerden über belanglose Entschuldigungen!*
Kollege F: … *Wie schnell so ein Tag vergeht!*
Kollege W: *Könnte man für so etwas nicht einen Chatroom einrichten? Ein günstiger Platz dafür wäre z. B. bei der Kaffeemaschine.*
Kollegin S: … *bei der Kaffeemaschine mit der richtigen Kanne, die sich nicht über Belanglosigkeiten beschwert …*
Hoffentlich haben Sie keine größeren Sorgen als wir.

Belanglosigkeiten (II)

Was stört Leser so sehr, dass sie uns Post schicken? – Dazu folgendes Beispiel: »Sie schreiben«, schrieb uns Leserin Ilona (auf einer liebevoll gestalteten Ansichtskarte mit weidenden Schafen), »dass man ›daß‹ früher mit scharfem ›ß‹ schrieb. Ein weiches ›ß‹ gibt es zu meinem Bedauern bis heute nicht. Mit herzlichen Grüßen, Ilona …«

Wir nehmen uns zu selten die Mühe, Probleme dieser Art zu thematisieren. Heute probieren wir es und stellen auf Anhieb fest:

1. Nein, es gibt tatsächlich kein »weiches ß«.
2. Aber haben wir das behauptet? Schrieben wir nicht ausdrücklich »scharfes ß«? Dürfen wir nicht ein existierendes Gegenstück zu einer Sache in Schrift setzen, die es nicht gibt?
(Vgl.: Roter Platz in Moskau; gibt es dort einen violetten? – Nein! Und schreiben wir nicht dennoch ungehemmt »Roter Platz«?)
3. Was blieb uns also übrig? Hätten wir »scharfes s« geschrieben, hätten wir uns doch dem Unmut von Leserbriefschreibern ausgesetzt, die da völlig zu Recht behaupten: »Scharfes s« gibt es nicht; »s« ist immer weich.

PS: Warum eigentlich nicht »hartes ß« gegenüber dem weichen oder »mildes s« gegenüber dem scharfen?

PPS: Warum »bedauert« die Leserin ausdrücklich, dass es kein »weiches ß« gibt? Ist es ihr schon einmal abgegangen?

Belanglosigkeiten (III)

Wie erwartet, meldeten sich (zwei) kritische Leser mit dem Ansinnen, wir sollten uns Belanglosigkeiten wie das redaktionelle Problem einer unpassenden Redaktions-Kaffeekanne (Teil I) und der umstrittenen Existenz eines »scharfen ß« (Teil II) sparen. Wir fragen erstens: sparen wofür? Und sagen zweitens höflich, aber bestimmt: nein!

Denn mit Dingen von Belang meinen wir in diesem Lande gut versorgt zu sein. Die Erhaltungspolitik konserviert ja Wichtigkeiten, friert sie ein, taut sie auf und serviert sie uns zu jeder passenden Gelegenheit. (Kinder, Mütter, Verbrecher, Mieten, Strom, Benzin …) Wenn das der »kleine Mann von der Straße« hört, der darunter leidet, dass es ihm zwar verdammt gut, aber eben immer gleich gut geht, dann fadisiert er sich irgendwann und wählt lieber etwas Gefährlicheres.

Fazit: Dinge von Belang (etwa fünf Prozent) werden durch stereotype Breittretung mit dem steten Hinweis auf ihre Wichtigkeit – banal. Müssen wir wirklich immerzu darüber schreiben? Dürfen wir uns nicht auch einmal den restlichen 95 Prozent zuwenden, den aufwühlenden Belanglosigkeiten des Alltags?

Doppelte Wegzeit

Unlängst hat der Besitzer eines Wiener Kaffeehauses bei uns angerufen, um sich über eine Artikelserie zu beschweren. Oft sagen wir in solchen Fällen: »Entschuldigung, das war der Kollege, der hat aber gerade einen Termin außer Haus.« Diesmal nahm ich's auf mich. Denn der Anrufer meinte, er hätte es langsam satt, immer wieder Negatives über Österreichs Wirte zu lesen. (»Langsam« war untertrieben, er hatte es bereits satt.) Da hat er eindeutig mich gemeint.
»Wenn man das liest, glaubt man, wir Wirten sind allesamt Idioten und Halsabschneider«, zürnte der Anrufer. – Wenn das wer glaubte, tut es mir aufrichtig Leid. Ich meine: Es gibt gute und schlechte Wirten, so wie es gute und schlechte Ärzte gibt. Und ich sage: Immer noch besser ein schlechter Wirt als ein schlechter Arzt. Der eine verdirbt uns nur den Magen, der andere verwechselt ihn womöglich.
»Warum schreiben Sie nicht einmal über die Handwerker?«, fragte der Wirt: »Das sind Banditen!« – Kommen ohne Werkzeug zum Ort des Gebrechens, damit sie es holen müssen, damit sie die doppelte Wegzeit verrechnen können.
Da hat er Recht, der Anrufer. Dagegen sind unsere Wirten vornehm. Doppelte Wegzeiten für zwei Bier haben sie uns noch nie verrechnet.

Jagen und ernten

Die Jagdsaison ist offen wie nie. Ein gewisser Herr Bankowski wendet sich per Massenmail (eine der brutalsten Formen der öffentlichen Zuwendung) an alle immer-brunftigen österreichischen Weidmänner.

Nicht billig, gesteht er, *aber exklusiv sind unsere Jagdarrangements in Ungarn.* Nur keine Skrupel: Wo (Wild) gesät wird, *gehört das Ernten dazu, weil ein jeder den Lohn seines Einsatzes gerne nach Hause bringt,* weiß Bankowski. Und der Einsatz reicht ja oft bis zu fünf Patronen pro Abschuss. Der Hausherr rät deshalb: *Gönne dir, deinen Geschäftsfreunden oder auch tüchtigen Mitarbeitern die Ernte in unseren bestens geführten Revieren.*

Und nun zum Höhepunkt des Treibens: *Jagdliches Brauchtum und die den Jägern eigentümliche Geselligkeit kommen in den Jagdschlössern im Kreise echter Amazonen und Schmalgeißen nicht zu kurz und lassen erfüllte Jagdtage kurzweilig ausklingen.* Amazonen: gut trainierte, routinierte Kämpferinnen. Schmalgeißen: junge, noch unberührte Rehleins. Also nächtliches Freiwild für jeden Geschmack. In diesem Sinne: Weidmannsgeil!

Schöne Männer (I)

Gestern stand es zwar schon in der Zeitung, aber heute erst begreifen wir: 92 Prozent der österreichischen Männer finden ihr Äußeres »schön«, »gut aussehend«, »attraktiv«.
Sollten sich Selbsteinschätzung und Realität überschneiden und sollte der Schein nicht tagaus, tagein trügen, schließen wir: Nur acht Prozent der männlichen Österreicher lassen sich in der Öffentlichkeit blicken. Jene acht Prozent sind samstagvormittags in Angelegenheiten »Brau AG«, »Schulterscherzel« und *Cosy* mondomäßig und zielpunktartig unterwegs. Jene acht Prozent sperren sich zum Behufe des urviechischen Ball-gegen-die-Wand-Wuchtens freiwillig in Freizeitplastikkäfige ein. Jene acht Prozent beobachten Vera eins und zwei, Moik und alle anderen Freunde der Unterhaltung absolut live (aus dem Fernsehen heraus) oder drehen am Millionenrad, versäumen weder »Campa« noch Erotikmesse, finden Unterschlupf in Bierzelten und stützen die Wände von Buschenschanken.
Zweckdienliche Hinweise zum Verbleib der restlichen 92 Prozent Männer sind erbeten.

Schöne Männer (II)

Danke für das Echo auf »Schöne Männer (I)«. Anscheinend wird bei uns zu wenig über Äußerlichkeiten geschrieben.
Leserin Isabella hat jedenfalls einen Verdacht, wo jene (auf offener Straße noch nicht gesichteten) 92 Prozent männliche Österreicher sind, die sich laut Umfrage als »attraktiv« bezeichnen: »Die sitzen daheim und formulieren Kontaktanzeigen.« Man liest ja auch: »Gut aussehender Mann in den besten Jahren sucht bestaussehende Frau mit gut zwanzig Jahren weniger …«, und Ähnliches.
Leser Manfred verteidigt den Austro-Mann als »an sich nicht so hässlich, nur schrecklich hergerichtet«. (Wir befürchten: eine Mischung aus beiden.) Manfred mutmaßt: »Die Österreicher haben keinen Geschmack.« (Wir argwöhnen: wenn es nur »keiner« wäre!)
Weitere Reaktionen: »Es genügt, wenn ein Mann seiner Frau gefällt.« Richtig, das *würde* genügen. Und: »Es kommt auf die inneren Werte an.« – Cholesterin, Blutdruck, Lunge, Leber? Okay, im direkten Vergleich sind die Österreicher äußerlich schön.

Lustig einkaufen

Anna wäre eine gute Lebensmittelpolizistin. Sie erkennt im harmlosen Umstand den arglosen Missstand und schreitet sofort ein. Sie (und nur sie) ist in der Lage, nach einem einzigen Einkauf in Wien drei Erlebnisse erzählen zu können.

Beim Billa entdeckt sie einige Stapel mit verpacktem »Faschierten« – neben statt in der Kühlvitrine. »Wollen S' das vielleicht einmal einkühlen?«, fragt sie den Joghurt schlichtenden Angestellten. »Am Nachmittag«, erwidert der Mann, »ich bin allein.«

Beim Bäcker bestellt Anna drei Semmeln. Das trifft sich gut. Denn soeben sind der Verkäuferin drei vom Brotkorb auf den Boden gefallen. Die packt sie für Anna auch gleich ein. »Aber wirklich net!«, sagt die Kundin. »Machen Sie das sonst auch?« – »Net immer!«, erwidert die Geschäftsfrau.

In der Konditorei putzt die Verkäuferin mit einer Lauge das Vitrinenglas. Dahinter verschwimmen jene Punschkrapfen, von denen Anna soeben fünf Stück bestellt hat. »Moment, a bisserl a Geduld!«, fordert die Kaufkraft. – Sie dreht mit dem schaumigen Lappen noch ein paar Kreise, wirft ihn dann geschickt zur Seite, tastet sich stöhnend zur Glasur des ersten Krapferls vor und packt es mit zwei Fingern. »Wollen S' Ihnen vielleicht vorher die Hände waschen?«, fragt Anna. – »Na tun S' Ihnen was an!«, kontert die Verkäuferin. Genau das ist Annas Problem.

Zu welchem Wohl?

Weil Ungemütlichkeiten selten einzeln auftreten, ist Österreich am Rande des ersten Wintereinbruchs auch noch bis über die Ohren verkühlt. Epizentren sind unsere Nasen.

Zum Niesen gehören drei: Einer, der einen ansteckt. Einer, der es tut. Und einer, der es kommentiert. Uns interessiert heute der Dritte (oder *die* Dritte – wenn wo die Gleichberechtigung funktioniert, dann beim Schnupfen).

Der Volksmund sagt gern »Hatschi«. Wir halten diese Reaktion für inhaltlich bescheiden. Es ist, als würde das Telefon läuten und man erwiderte »Klingeling« statt abzuheben. Oder es klopft an der Tür und man sagt »Klopfklopf« statt aufzumachen.

Eine Spur intelligenter mutet das landesgebräuchliche »Zum Wohl!« an, welches das strenge deutsche »Wohlsein!« mit heimischer Gemütlichkeit unterwandert. Aber was soll es eigentlich bedeuten? – Unterstellen wir dem Niesenden Genießertum? Glauben wir, dass es ihm Spaß macht? Wollen wir ihn verhöhnen?

Dann doch wenigstens: »Dreh dich weg!« Oder: »Halt die Hand vor!« Oder: »Wie wäre es mit einem Taschentuch?« Oder: »Muss das so laut sein?« Oder noch ein bisschen einfühlsamer: »Herzliches Beileid!« Oder realistisch: »Lebe wohl!«

Postmoderne

Österreichs Post AG wurde neu eingekleidet. Nicht die Gebäude, die waren eh noch ganz hübsch, sondern die 22.000 Postler selbst. Dem Geld wollen wir nicht nachtrauern. Man hätte die 110 Millionen Schilling ja auch in die Schallabdichtung der Glasbarrieren zwischen Schalterbeamten und Kunden und in die Fixierung einmal geschlossener Sprechluken stecken können. Uns geht es um die Mode: Die neue Post-Sommerkollektion beantwortet nämlich die Frage, warum die Österreicher so aussehen, wie sie aussehen: weil sie jede Chance dazu nutzen. Sie beantwortet aber auch die Frage, warum sich 92 Prozent der männlichen Inländer als »gut aussehend« betrachten: damit ihnen egal sein kann, was sie anziehen.
In Italien würde man den Designer derartiger Postuniformen (gelbe T-Shirts, Baseballkappen, Bermudas, Socken und Halbschuhe) wegen des Verbrechens der Gemeingefährdung des öffentlichen Geschmacks zehn Jahre lang Stoffservietten flicken lassen.
In Österreich sagt man: fesch, luftig, praktisch. Und jede Menge Stauraum für Schnitzelfiguren.

Kleinraabs

Derzeit sollte man in Berlin sein. Dort ist man dabei. Diese Dynamik. Diese Unruhe. Dieser Geist. Diese Spannung. Diese (Ost-West)-Gegensätze. Dieser Aufbruch. Dieser Abbruch. Diese Baustellen. Dieser faszinierende Staub.
Vor zehn Jahren musste man in Bangkok sein. Wer was von sich hielt, war dort. Dann: Singapur. Wer was davon hielt, dass man was von ihm hielt, war dort. Seit zehn Jahren muss man in New York sein. Anfangs jährlich, später monatlich, heute wöchentlich, morgen täglich. Eigentlich sollte man dort geboren sein.
Wenigstens alle paar Jahre sollte man in Rom (und Paris) sein. Rom (und Paris) ist (sind) eben Rom (und Paris). Und wenigstens alle anderen paar Jahre sollte man in London sein. London ist eben London (nur teurer). Ab und an Prag – für die Biografie. Hie und da Venedig – für die Romantik. Wien? – Na ja, wenn einem nichts mehr einfällt. Graz – ausnahmsweise, fürs Herz. St. Pölten – jetzt wird es eng.
Kleinraabs. Das liegt im Waldviertel, von Gföhl hinauf, von Zwettl hinunter, von Horn hinüber. Kleinraabs. Dort muss man nicht sein. Dort kann man fast nicht sein. Dort ist niemand. NIEMAND! Wissen Sie, wie schön?

Integrieren und intrigieren

Es gibt Worte, die uns die Zunge regelmäßig im Mund verdreht, die immer anders herauskommen, als sie sollten. Kinder zeichnen sich dabei durch besondere Beharrlichkeit aus. Thomas musste ziemlich alt werden, um sich davon überzeugen zu lassen, dass das Ding, welches im vollwertigen Zustand eine Burg war, »Ruine« heißt und nicht »Urine«.

Derzeit wird Österreichs Sprachlandschaft von einem ausgesprochen heimtückischen Geschwisterpaar erschüttert, welches vom Lateinischen zu uns gefunden hat und bis tief hinein in Funk und Fernsehen sein Unwesen treibt: »integrieren« und »intrigieren«.

Die Brisanz der Verwechslung liegt im inhaltlichen Gegensatz. Zum einen bekennt man sich leidenschaftlich, ohne es tun zu müssen. Das Zweite tut man leidenschaftlich, ohne sich dazu bekennen zu wollen.

Weil unterschwellig immerzu intrigiert wird, wenn öffentlich integriert werden soll, entstehen integre Mischformen: ein Intrigationsforum (Austausch neuester Intrigen), ein Intrigationsbescheid (Datum und Wortlaut der Intrige, bei Verleumdungsprozessen vom Kläger vorzulegen). Und ein Intrigationsfonds: Unterstützung für Not leidende Intriganten. – Sollte ins neue Budget integriert werden.

Was ist ein fester Lover?

Väter wälzen sich im Schlaf: Jede dritte 15-jährige Tochter gibt an, einen »festen Lover« zu haben. Damit nicht genug: Zehn Prozent der heimischen Mädchen wollen schon »Sex mit 14« gehabt haben – zwar nicht mit vierzehn Burschen, Gott verhüte, aber immerhin mit vierzehn Jahren.
Für das Privatleben der Jugendlichen gilt heute dreierlei: Erstens ist es das Gegenteil von allem, was mit Eltern zu tun hat. Zweitens unterliegt es einer eisernen Informationssperre, jede elterliche Frage danach stellt bereits einen unverfrorenen Eingriff dar. Drittens und generell werden Sätze wie: »Du kannst mit uns über alles reden«, als voyeuristische Anbiederung der (sabbernden) Alten empfunden und schroff zurückgewiesen. Die Leistung der katholischen Arbeiterjugend, welche es schaffte, 1.700 Mädeln Privates zu entlocken, kann also gar nicht hoch genug eingeschätzt werden. Nun wollen es die Alten genauer wissen: Was heißt »fester Lover«? Was tun die fest miteinander? Fest miteinander ins Kino gehen? Fest Eis essen? Fest Händchen halten? Fest … ? Und wo bitte? Wie lang? Wie oft? Wozu? Und wer denkt an die Schule? Und wer zahlt die Nachhilfe?
Jede dritte 15-Jährige hat einen »festen Lover«. Was aber haben die ersten und zweiten? Mehrere lockere? Wie viele? Wie locker? – Tausende besorgte Eltern bitten die Katholische Arbeiterjugend um tiefergehende Befragungen.

Die Tage ohne Licht

Zu den größten Schikanen des ausklingenden Novembers zählten auch heuer wieder tägliche Verdunkelungsaktionen. Politikern blieb nichts anderes übrig, als nach Allerheiligen die Weihnachtsbeleuchtung zu aktivieren. Sie reicht aber leider nicht aus, um uns erkennen zu lassen, welcher Art die Mischung ist, nach der Wien riecht. (Punsch.) Wozu er da ist, wissen wir: Er hilft uns, ins neue Jahr zu gelangen, wobei er uns grausame Details über das »Wie« erspart.

Tage ohne Tageslicht wären an sich ein Fall für die Menschenrechtskonvention. (Allerdings ist Brüssel selbst nicht hell genug, um die Sache kritisch zu beleuchten.) Hier eine kleine Übersicht der Unzumutbarkeiten:

– Wir öffnen in der Früh die Augen – und merken keinen Unterschied, also schließen wir sie wieder und warten, bis es hell wird. Nach einigen Wochen verlieren wir unseren Job.

– Wir ziehen durch die Straßen und fühlen uns wie Laiendarsteller in einer russischen Schwarzweiß-TV-Produktion »Bukarest im Aufbruch«.

– Wir fallen blind vor Nieselgraupeln ins nächstbeste Geschäft. (Bei unserer Kontosperrung erfahren wir: Es war »Versace«.)

– Wir verkriechen uns daheim unter Decken und wissen: Was wir nicht sehen, ist noch nicht einmal der Winter.

Bolognese

Nördlich von Schönbrunn versteckt sich seit gut fünfzehn Jahren eine Pizzeria, die von netten Chinesen geführt wird – vermutlich die bescheidensten Wirte Wiens, was man auch dem Gastraum ansieht. Aber die Pizzas sind gut und der Chianti leistet für wenig Geld solide Arbeit am Gaumen. Das Besondere an diesem Lokal: Es befindet sich schräg gegenüber vom Max-Reinhardt-Seminar und dient den größten heimischen Schauspieltalenten (Schleswig-Holsteins) als zweite Bühne. Hier nun befreien sich die Schüler von der Last der Theorie und sind einmal ganz sie selbst. Das klingt so:
A: »Haben Sie hier auch zu essen?« (Die Chefin nickt und verweist vergeblich auf die Karte.) B: »Ich bekomme diese diese diese … Nudeln, die Spaaa-Gätti, ja, die kriege ich.« Chefin: »Welche?« (Verweist vergeblich auf die Karte.) C: »Kochen Sie diese Spaaa-Gätti klassisch? So so so mit 'ner leckeren Sooo-Sä?« Chefin: »Bo-lo'nes?« C: »Boh-Lon-Jeeese! Ja, so hieß sie.« B: »Du nimmst Boh-Lon-Jeeese? So nehme ich sie auch.« A: »Ihr nehmt Boh-Lon-Jeeese?« Chefin: »Sie auch?« A: »Ich?« Nun blicken alle gebannt auf A. – »Wenn ihr sie nehmt …« Chefin: »Sie auch?« Nein, das wäre zu undramatisch. Er bittet um die Karte.

Schande in der U-Bahn

Gestern früh bin ich in der U-Bahn beim Schwarzfahren erwischt worden. Wissen Sie, wie demütigend? Rundherum anständige Leute. Alle hatten einen Ausweis. Alle außer mir.
»Fahrscheinkontrolleee bitteee!« Mein Herz rastete in halblinker Position ein. Oberlichte, Falltür? – Nichts. Die Hände kramten nach etwas Herzeigbarem. Das Hustenzuckerl war es nicht. In der rechten Jackentasche hatte ich zehn Fahrscheine. Soeben gekauft. In der Eile leider vergessen, einen davon zu »zwicken«. Die Entschuldigung konnte ich mir sparen. Wer glaubt schon einem frisch Erwischten?
»Was is' mit Ihnen, der Herr?« Ich hielt meinen Ausweis mit Marke vom Vormonat hoch. – »Abgelaufen, der Herr!«, erriet der Kontrolleur. »Ich weiß«, antwortete ich schlagfertig. »Da müss' ma aussteigen, der Herr!« – Laut genug. Alle hörten es. Jeder wollte noch rasch einen Blick vom Verbrecher erhaschen. – »Macht 520 Schilling, der Herr.« Ich: »Pfff.« – »Ja, das kostet eben!« Ich nahm den Erlagschein und tauchte unter.
Das war's. Danke, dass Sie mir zuhörten. Erstens tröstet es. Zweitens kann ich die 520 Schilling jetzt als Werbekostenaufwand von der Steuer absetzen.

Wossoi-Design

Unlängst rätselte man unter Journalisten über ein ästhetisch hochkarätiges Titelblatt einer edlen Magazinbeilage. Darauf war ein anmutiges Objekt abgelichtet. In der gelungenen Farbkomposition imponierte das Spiel der Grautöne. Die Formen waren weich. Die Kurven krümmten sich grazil. Klare Linien gaben dem schemenhaft Verspielten substanziellen Halt.
Nach fünf Sekunden der stummen Wertschätzung ergriff einer das Wort und fragte: »Wos is'n des eigentlich?« Daraufhin zuckten zwei Dutzend Schultern. Über dem Bug der gefalteten Zeitung deutete einiges auf die breite Kopfdecke eines imposanten Mikrofons hin. Auch ein mit Netzstrumpf überzogenes monströses Knie stand in Aussicht. Der aussagekräftigere untere Teil des Objekts stellte die Beschauer dann aber vor die Fragen: Wiege? Waage? Wanne? Waschtrog?
Schließlich gab sich ein Experte zu erkennen und sagte: »Das ist Design.« – Darauf ein Ungläubiger: »Wos soi des sein?« – Ja! Hervorragend! Gute Idee! Endlich ein würdiger Sammelbegriff für die vielen zweckverlorenen Ikonen des mutwillig abgehobenen Geschmacks. Nenne man sie »Wossoi-Design«. Sie können dann wirklich alles sein. (Im Übrigen war es ein Stuhl.)

Der Winter fällt

Restösterreich kann es nicht glauben: Bei uns in Wien steht und fällt der Winter mit Schnee. Fällt kein Schnee, steht der Winter und wir sind trübsinnig, weil es draußen sinnlos kalt ist. Fällt Schnee, fällt der Winter. Sonst steht alles. Und wir zelebrieren den Ausnahmezustand.

Gestern ist Schnee gefallen. Und das geht so: Beim Aufwachen schabt die Schaufel eines Hausmeisters. Auf dem Fenster klebt etwas Weißes. Im Radio sagen sie, dass es passiert ist (drei Zentimeter), dass wir die Nerven behalten und nur ja nicht Auto fahren sollen. – Wir grinsen schmutzig.

Unser Auto hat es am schlimmsten erwischt, deshalb verteilen wir die Schneedecke gerecht auf die parkenden Nachbarfahrzeuge. Funktioniert die Hupe, können wir starten. Können wir starten, können wir fahren. Zur Psychologie: Jeder Meter ist ein Triumph. Jeder Dreher macht uns reifer.

Kommen wir am Arbeitsplatz an, haben wir viel zu erzählen. (Kommen wir nicht an, haben sie viel über uns zu erzählen.) Im Büro machen wir uns einen Kaffee und schauen grimmig beim Fenster hinaus. Verdammt: Es hat aufgehört. Der Schnee schwindet. Die Lage normalisiert sich. – Das erst macht sie unerträglich.

Eine milde Gabe

Morgen kommen die Sternsinger, inkassobevollmächtigte uniformierte Vertreter der Heiligen Drei Könige. Wenn Thomas sie sieht, geht er in Deckung. Wir erzählen gerne warum.
Thomas war sieben und allein zu Hause, als es an der Tür läutete. Damals fürchtete er nur die Ghostbusters, aber die wären durch den Türschlitz getreten. Also öffnete er. Vor ihm bauten sich fünf Typen in Faschingskostümen auf und begannen überraschend zu beten. Danach sangen sie Kirchenlieder. Thomas war höflich genug auszuharren. Als nichts mehr kam, schloss er die Tür. Nun begann der Terror: Die Kerle gingen nicht. Zum Beweis klingelte die Glocke in kurzen Intervallen. Thomas verlor die Nerven, öffnete und erfuhr endlich, was sie wollten: »Eine milde Gabe!«
Er grübelte lange, ehe ihm die Idee kam. Er lief in die Küche, kehrte zur Tür zurück und legte jedem eines in die Hand. Die Blicke wird er nie vergessen. Noch heute geht er in Deckung, wenn er Sternsinger sieht. Es steht zu befürchten, dass sie ihm die rohen Eier einmal zurücksenden werden.

Altwaren im Internet

Würden Sie im Antiquitätengeschäft nach einem Computer suchen? Eben. Und umgekehrt: Würden Sie im Internet mit einer Altwarenhändler-Homepage rechnen? – Es gibt aber eine.

»Auch der Altwarenhandel nützt dieses Medium«, heißt es tollkühn im bracheninternen Nachrichtenblatt. »Auf einer Informationsseite stellen wir uns vor – wie gut wir sind und dass wir die eigentlichen Spezialisten für Wohnungsräumungen sind.« Wäre auch unklug, es zu verschweigen.

Eine gesunde Distanziertheit zur Computertechnik merkt man ihnen aber doch an, wenn sie schreiben: »Für Kollegen, die eine eigene Homepage haben, gibt es die Möglichkeit, mittels Link sich diese direkt auf den Bildschirm zu holen.« Oder (nach dem Motto »My homepage is my castle«): »Die Homepage des einzelnen Kollegen muss er sich selber organisieren, bezahlen und betreuen.« Und man zeigt noch gewisse Scheu vor der Öffentlichkeit: »Zugang auf unsere Homepage hat nur unsere Sekretärin im Gremium, Frl. Groiss. Damit stellen wir sicher, dass unsere Homepage nicht missbraucht wird.« Sollte Ihr Interesse geweckt worden sein, versuchen Sie es mit *www.altwaren.wkw.at.*

Vielleicht lässt Sie Frl. Groiss ausnahmsweise hinein.

Megasexy

Leserin Anna S. muss in die Schule. Sohn Tobias (11) richtete ihr von der Geo-Lehrerin per Mitteilungsheft aus: »Tobias schickt während des Unterrichts SMS anzüglichen Inhalts. Ich bitte Sie, in meine Sprechstunde zu kommen.«
Anna wollte sich ein bisschen vorbereiten und fragte ihren Sohn, was er denn so schreibe, wenn die Geografiestunde lang wird. »Eh nix«, murmelte er, »nur über die Lehrerin halt.« Und seine Wangen färbten sich pfirsichrosa. »Was?«, fragte die Mutter scharf (wie »Fass!«). »Na, dass sie gut ausschaut halt.« – »Was heißt ›gut ausschauen‹?« – »Na, dass sie hübsch ist halt.« – »Hast du ›hübsch‹ geschrieben?« – »Nein.« – »Sondern?« – »Sexy.« – »SEXY?«, kreischte die Mama. – »Megasexy.« (Er räusperte sich.) »Ultramegasexy.« Okay, auch schon egal: »Die Geo-Tante ist ein Ultramegasexyhexi.« – »Bist du wahnsinnig?«, fragte die Mutter. »Es stimmt aber«, trotzte der Sohn. – Was für eine aufgeklärte, reife Jugend! Wir hatten stumpfsinnig Papierflieger gebastelt, U-Hakerln verschossen und uns mit Plastikröhrln beflötzt.
PS: Um Anna zu entlasten, bietet sich Tobias' Vater freiwillig an, die unangenehme Vorladung der Geografielehrerin auf sich zu nehmen.

Körperbewusst

Wer sich für Kultur interessiert, weiß es wahrscheinlich trotzdem: Derzeit läuft im Fernsehen ein Hamburger Sexteiler mit heimischen Aushängeschildern. Sonja »Ich geniere mich nicht für meinen Körper« Kirchberger ist uns als stündlich reifende Schauspielerin von wöchentlich tiefen Illustrierten-Ausschnitten her bekannt. Julia »Mich reizen extreme Dinge« Stemberger hat künstlerisch bereits überzeugt. Höchste Zeit, sie als Stripperin breiteren Seherschichten zuzuführen.

»Sonja ist eine sehr körperbewusste Frau«, freut sich der Regisseur. »Sie hatte wenig Probleme mit dem Ausziehen.« – Ach, wären die Frauen im täglichen Leben nur annähernd so körperbewusst! Telefonsex- und Peepshow-Kosten würden rapide sinken.

»Die Julia ist eher eine Frau auf den zweiten Blick«, sagt Stemberger über sich, »sie trägt nicht alles offensichtlich vor sich her.« Doch siehe da: Eine Macho-Regie, ein Stripteasekurs, ein Nervenzusammenbruch – und schon strippt sie wie die Königin von St. Pauli. Das gibt uns Männern Mut für daheim.

Sexismus? – Mag es im Leben geben. Doch nicht im Film. Dort verwirklichen sich starke Frauen noch beim Entkleiden. Wir danken es ihnen mit hohen Spechtler-Quoten.

Hilfe, Fasching!

Am kommenden Mittwoch endet der Fasching. Gute Idee. Hätte ihm früher einfallen können. Sie meinen: Wenn uns der Fasching nicht passt, müssen wir ja nicht mitmachen? Irrtum. Fasching fragt nicht lang. Fasching kassiert uns ein. Verschließen wir die Augen, so hören wir ihn. Verschließen wir die Ohren, so riechen wir ihn. Verschließen wir die Nase, so ersticken wir. – Fasching lebt weiter. Und das macht ihn unsterblich:

Faschingskrapfen. Maßlos überschätzte Teighügel mit zementartigem Geschmack. Beim Verzehr entweicht Marmelade.

Faschingsschmuck. Versaut seit Jahrzehnten die prächtigsten Räume. Von den Plafonds baumeln ewiggestrige Girlanden. Aus den Lampen wuchern hässliche Schlangen. Ihre Farben dürfte es heute gar nicht mehr geben.

Faschingsgilden. Mensch gewordene Girlanden mit vergleichbarem Charisma, aber deutlich höherem Unterhaltungsbedürfnis.

Faschingskostüme. Schutzschicht der Mensch gewordenen Girlanden. Unverkleidete werden mit Spitzhüten, Masken, Nasen und Tröten gefoltert.

Faschingsbälle. Zum Brüllen lustig.

Faschingsscherze. Sofort aufhören!

Anders waschen (I)

Wir leben in einer Zeit sich virulent vermehrender Fernbedienungen. Die Chance, eine davon fernzubedienen und es schaltet sich der Fernseher ein, beträgt heute nur noch eins zu zwanzig. Nun wird uns auf Werbeplakaten das neueste Produkt der Firma *Kludi* aufs Aug gedrückt: Armaturen mit einer Infrarotfernbedienung für Leitungswasser. Meine erste Reaktion: Die muss ich haben! Zweite Reaktion: Was hab ich bisher falsch gemacht?

Ich weiß nicht, wie Sie sich waschen. Ich jedenfalls ging bisher direkt zum Becken hin, drehte den Wasserhahn auf und hielt die Hände darunter. War ich fertig, so drehte ich den Hahn zu und trocknete die Hände ab. (Ähnliches mit Gesicht, Haaren, Obst oder Geschirr.)

Das kann nicht richtig gewesen sein, denn wozu sonst benötigte ich jetzt eine Fernbedienung? Bediene ich sie im Wohnzimmer, so scheitert der Waschvorgang an der Distanz zum Wasser. Bediene ich sie am Waschbecken, so ist sie keine Fern-, sondern eine Nahbedienung. Es ginge: Klick. Wasser rinnt. Hände waschen. Hände abtrocknen. Klick. Wasser rinnt nicht mehr. Doppelklick. Wasser rinnt/rinnt nicht mehr. Klick. Rinnt. Und so weiter. – Als das Auto erfunden wurde, haben auch alle »Blödsinn« geschrien.

Anders waschen (II)

Beim Studium der Prospekte zeigte sich: Die hier vorgestellte Fließwasser-Infrarotfernbedienung der Firma *Kludi* ist noch genialer, als es die aktuellen Werbeplakate verraten. Es ist nicht nur so, dass man theoretisch gar nicht mehr anwesend sein muss, wenn man sich wäscht. Das neue Wasserhirn vollbringt vor allem in der Küche geradezu magische Kunststücke.
Die Fernbedienung lässt sich nämlich berührungslos betätigen: »Ein Wink genügt und die im Kopf der Armatur eingebaute Lichtschranke lässt das Wasser fließen. Ein zweiter Wink und sie stellt es wieder ab«, heißt es im Werbetext. Wir kombinieren. – Nicht winken: kein Wasser. Doppelt winken: kein Wasser. Danebenwinken: kein Wasser. Irrtümlich winken: Wasser. Winken und kein Wasser oder kein Winken und Wasser: Lichtschranke kaputt.
Die Fernbedienung kann aber noch mehr. Sie speichert Wassermengen und merkt sich Temperaturen. Merkt sich der Wasserbenützer dazu noch die entsprechende Taste (und hat er richtig eingespeichert), steht vollprogrammierten Fließ- und Waschvorgängen nichts mehr im Wege.
Keine Frage: Die Tage, an denen man sich kopflos einem Waschbecken nähern konnte, sind gezählt.

Ankunft auf österreichisch

Einer der Höhepunkte jeder Fernreise ist die Rückkunft. Zu den appetitlichsten Räumlichkeiten des auch insgesamt gustiösen Flughafens Wien Schwechat zählt die Gepäckausgabe. Nirgendwo sonst auf der Welt warten die für den Koffertransport unverzichtbaren Rollwagen in so reicher Zahl und harmonischer Anordnung auf die Benützer.
Sie warten vergeblich. Sie hängen nämlich zusammen. Wer ein Wagerl nimmt, nimmt die ganze Reihe. Mit Fünf- oder Zehnschillingmünzen wären die Dinger voneinander zu trennen. Das Prinzip erfreut sich in den heimischen Supermärkten bereits größter Beliebtheit – im Kampf gegen die organisierte Wagerlabschlepperkriminalität.
Leider liegt es nicht in der Natur eines Flugreisenden, stets eine österreichische Münze griffbereit zu haben. Also schultere er sein Gepäck oder picke es sich auf den Hut oder tue damit, was er will. Willkommen ist er in jedem Fall. Willkommen in Österreich.

Dies war ein warmer Winter

Dieser Tage schneit es wieder. Wir sagen das vollkommen ruhig und leidenschaftslos. Wir schauen nicht auf den Kalender. Wir regen uns nicht auf. Wir lassen uns nicht provozieren. Nicht von diesem Winter.

Wir machen es uns gemütlich, heizen fest ein, trinken Tee oder Glühwein, legen Vivaldi auf – »Die drei Jahreszeiten« (die anderen drei; über den Winter ziehen wir einen dicken Kratzer). Und warten auf die Marillenblüte. Angeblich soll es noch nie passiert sein, dass sie überhaupt nicht einsetzt. Heuer könnte es knapp werden.

Dazu erreicht uns die Meldung: Dieser (außer Konkurrenz munter weiterlaufende) Winter war »weltweit einer der wärmsten«. Herzliche Gratulation den Klimaforschern! (Wir regen uns nicht auf.) Bei ihrer siebenten Konferenz für weltweite Erwärmung verzeichnen die Wissenschaftler »deutliche Fortschritte« und freuen sich über ein »besseres Verständnis für die Bedeutung der ungewollten menschlichen Eingriffe in das weltweite Wettergeschehen«.

Hoffentlich ist ihr Verständnis für die gewollten Eingriffe ebenso groß: Hört dieser Winter nicht bald auf, so werden wir Österreich auf Kosten der Wetterforschung mit einer Bodenheizung ausstatten. Denn wir lassen uns nicht provozieren.

Rouladenklammern

Bald ist Ostern. – Eine heikle Kreuzung aus Weihnachten und Namenstag, ein Fest in der Grauzone zwischen Aufwand und Ignoranz. Gesucht sind Geschenke, die wenig kosten und aus dem Dunstkreis des Herzens kommen. Hier die besten Ideen von ihm für sie (Quelle: »Schatz und Vitrine«):

Wäscheklammernkörbchen (89,–). »Fast jede Hausfrau besitzt es schon und möchte es nicht mehr hergeben.« – Ein zweites kann dennoch nicht schaden.

Bügeleisenreinigungsstift (69,–). »Damit der Hausfrau auch Wäschebügeln wieder mehr Freude macht.«

Teelichthalter-Turnerin (169,–). »Für Sportlerinnen und alle, die Chrom lieben.« Bequem abzustauben.

5er-Rouladenklammern (89,–). »Rouladen fest im Griff. Einfach die Klammern um die Roulade klemmen.«

Teleskopmop (169,–). Für unsere kleinen Hausfrauen: »Mit ihm kommen Sie beim Hausputz selbst in die entferntesten Winkel.«

WC-Hexe (69,–). »Jede Hausfrau kennt sie, die Problemzonen im WC-Becken.«

Elektrischer Nasenhaarschneider (219,–). Jetzt rasch schönmachen. Er kommt sicher bald!

Gravitation und Mode

Die Jugend leidet. Seit Jahren grübeln wir, worunter. Da sie es selbst nicht weiß, kann sie es uns nicht sagen. Wüsste sie es, würde sie es uns nicht verraten. Sie redet nicht gern mit uns über ihr Privatleben (nur über dessen Finanzierung). Macht nichts. Wir sind selbst dahinter gekommen: Die Jugend leidet unter der Erdanziehungskraft.

Im Winter war das noch schwer zu erkennen. Da pubertierten die Kids in ihren Zimmern oder in xxx-largen Kapuzen-Gruft-Mänteln. Jetzt aber verlassen sie ihre Gehäuse. Und da sehen wir das volle Ausmaß der Katastrophe.

Die Hosen befinden sich im freien Fall. Der so genannte Schritt droht unter die Kniehöhe zu rutschen. T-Shirts und Pullis passen sich dem Abwärtstrend an. Die Ärmel baumeln von eingefallenen Schultern. Die Köpfe halten sich mühsam auf den Hälsen. Die Gravitation zerrt an den Mundwinkeln. (Und wir dachten, die Kids seien zu cool, um zu lachen.) Die schweren Augenlider senken sich über die Pupillen. (Und wir dachten, sie seien unausgeschlafen.)

Fazit nach Newton: Die Erde tut den Kindern nicht gut, sie zieht sie herab. Sorgenvollen Eltern, die den Anblick nicht mehr ertragen, empfehlen wir: Schickt sie auf den Mond. – Zur gegenseitigen Entspannung.

Flirthungrig

Anfang April fand in Wagrain in Salzburg das (hundertste) »1. Single Flirt Weekend« statt. Zu den Höhepunkten zählten der »Er-und-sie-Flirtlauf« und die »Single Flirt Siegerehrung«. Romantischer Ausklang: Die »Abreise mit dem Partner deines Lebens«. (Vermutlich Stiegl-Bier.)

Leider: Niemand, den wir kennen, war dort. Uns ist die Veranstaltung nur über den Umweg einer Ruhestörung im Hause P. zu Ohren gekommen. Dort lag plötzlich die Einladung dazu auf dem Tisch, adressiert mit »An einen flirthungrigen Single«. Wer war gemeint?

Inge P. verdächtigte spontan ihren Ehemann. Scheidung mit anschließendem Single-Dasein stand zwar nie zur Debatte, aber wahrscheinlich hätte es eine Überraschung sein sollen. Herr P. glaubte zunächst, Inge hätte die Zusendung angefordert, um ihn nach Wagrain abzuschieben, um ungestört … Dann fiel der Verdacht auf die Kinder. Anna ist tatsächlich Single und flirtet auch gern. (Sie ist drei.) Georg hätte unter gegebenem geschwisterlichen Konkurrenzdruck guten Grund, in Salzburg zu üben. (Er ist vier.)

Will der Tourismusverband mit gezielten Einladungen die letzten harmonischen Familien sprengen? Oder ist er nur flirthungrig?

Willkommen im Mai

Der April ist unter mysteriösen Umständen verschwunden. Der Mai hat sich auf leisen Sohlen eingeschlichen. Wir waren für Sie dabei. Hier die Chronologie der Ereignisse:
Der 30. April war ein Donnerstag vor einem Feiertag. Ein Donnerstag vor einem Freitag, der ein Feiertag ist, ist weder ein richtiger Arbeitstag noch ein richtig freier Tag. Wir verhielten uns ruhig und erledigten letzte Einkäufe.
Der 1. Mai war ein Freitag. Ein Feiertag. Gleichzeitig aber auch der Tag der Arbeit. Und dies unmittelbar vor einem Wochenende. Kein Mensch arbeitete.
Der 2. Mai war ein Samstag nach einem Freitag, der gleichzeitig Feiertag und Tag der Arbeit war. Ein Samstag ist zum Ausruhen da. Diesmal waren wir besonders erschöpft.
Der 3. Mai, das war gestern. Sie werden sich erinnern: Ein Sonntag nach einem Samstag, der ein Samstag nach einem Freitag war, der ein Feiertag und zugleich Tag der Arbeit war. Wir waren völlig fertig.
Wir schreiben den 4. Mai. Ein Montag. Und was für einer! – Ein Montag vor vier Werktagen in Serie. Und ein Montag nach einem Sonntag nach einem Samstag nach einem Freitag, der ein Feiertag und zugleich Tag der Arbeit war. Und da sollen wir arbeiten?

Beim Kollegen

Mit dem Sommer kommen jetzt die Tage, wo man am Abend gern im Freien sitzt und einen G'spritzten trinkt, um ein gutes Beispiel zu nennen. Oder einen zweiten G'spritzten. Oder schon am Nachmittag. Oder drei. Und eventuell einen vierten gegen den Durst.

Ein Problem besteht darin, dass der jeweilige G'spritzte, um beim Beispiel zu bleiben, nie gleich dasteht, wenn man spürt, dass man ihn will. Er muss erst serviert, schlimmer noch: bestellt werden.

Nun gilt Schanigartenbetrieb in Österreich als gastronomische Extremsituation. Wir sind eben meteorologisch noch nicht so weit, es über längere Zeiträume im Freien auszuhalten. Und nur für die Illusion eines konstanten Schönwetters stellen uns die Wirte leider keine eigenen Kellner ab.

Sporadisch auftauchendes Personal ist so mit an Sicherheit grenzender Wahrscheinlichkeit für alles eher zuständig als für uns. Diesem Umstand verdanken wir den obersten, ersten, stärksten gastronomischen Austriazismus, der uns in vier Höflichkeitsformen überliefert wird:

1. »Ich schick den Kollegen.«
2. »Ich sag's dem Kollegen.«
3. »Der Kollege kommt gleich.«

Oder 4. (Sucht ihn euch selber): »Beim Kollegen!«

Beim Coiffeur

Die Kälte trügt. Die Zeit ist reif für Sommerfrisuren. Kinderfreibadkompatible Dauerwellen für die Muttis. WM-TV-taugliche Fassonschnitte für die Papas. (Damit die Torstangen nicht von Strähnen verdeckt werden.)
Auch ich war. – Kein Friseur. Kein Frisör. Ein echter Coiffeur, außerhalb des Wiener Gürtels. Ich: »Haben Sie Zeit?« Goldbraune Chefin, rauchig: »Mir ham Zeit, waun *Sie* Zeit ham! – D'Miriam is no net do. Nehman S' Platz.« Sagt es und knallt drei Stück *Penthouse* aufs Pult. – Ich widerstehe. »Wollen S' was anderes lesen?«, fragt die Chefin irritiert. (Dürfte noch nie passiert sein.)
D'Miriam kommt. »Waschen, schneiden?« Ich: »Schneiden. Gewaschen hab ich schon.« D'Miriam: »Dann tumma nur *einmal* grob waschen. Gegens fette Haar?« Ich: »Gegen gar kein Haar. Ich will alles weghaben.«
»Ganz kurz?«, fragt D'Miriam, macht Anstalten sich zu übergeben, fängt sich aber wieder. »Na, schau ma, ob ma's hinkriegen.« Nimmt den Bartschneider und zieht drei Minuten voll durch. Rasierklinge. Nackenbesen. Spiegel. »Mehr geht net!« Geständiger Nachsatz im Flüsterton: »Hätten S' Ihnan auch selber machen können.« Aber nicht um diesen Preis. Und ohne Showprogramm.

Kommen S', trinken S'!

Mit viel Optimismus stürzt sich der heimische Fremdenverkehr in die Hochsaison. Vorbereitungen sind nicht notwendig. Die Badeseen erwärmen sich auch heuer wieder von allein.
Nur wegen Italien sollte man sich langsam etwas einfallen lassen. Es geht nicht an, dass unsere deutschen Gäste oben bei uns hinein- und unten gleich wieder hinausfahren. Entweder wir verstärken im Süden den Grenzschutz oder wir kassieren die Reisepässe ein.
Gastronomisch bekämpft Österreich auf spektakuläre Weise sein »Hamma-net«-Syndrom. Ein Gästepaar fragt in der »Meierei« im Wiener Volksgarten: »Haben Sie alkoholfreies Bier?« Und die Kellnerin antwortet: »Ja.« Kleine Korrektur. – Sie sagt: »Jjjjjja.« (Beim ersten J setzt ein intensiver Denkprozess ein, der auf einem selbstbewussten A endet.)
Die Gäste bekommen zwei Flaschen *Mövenbräu*, Leichtbier mit drei Prozent Alkohol. Der Mann, ein Moslem, windet sich schon beim ersten Schluck. Die Frau (F) zur Kellnerin (K): »Ist das alkoholfrei?« K: »Jjjjjja, äh, fast!«
F: »Er verträgt keinen Tropfen Alkohol.« K: »Gehen S', des bissel!« F: »Er hat Kopfschmerzen.« K (lacht): »Des macht nix, des Bier is wia a Medizin, da spüren S' überhaupt nix.« F: »Nein, danke.« K: »Gehen S', bitt schön, kommen S', trinken S'!«

Gott schütze Gelsennetze

Unter den Opfern dieser missratenen Jahreszeit befindet sich auch eine Gelse. Sie verbrachte die 18. Julinacht im Freien unter einer Freudenauer Föhre – und erfror.

Der Rest der Großfamilie ist wohlauf und gut genährt. Die Moskitos waren nämlich klug genug, uns beim Übersiedeln in (geheizte) Schlafräume zu begleiten. Sie sahen keine Veranlassung, sich vor unseren Übergriffen zu schützen. Denn erschlagen zu werden ist ihr Schicksal. Wir aber geben die Hoffnung nie auf, dem Stechzwang zu entgehen. Dabei sind unsere Mittel ach so beschränkt:

Gelsenspray. Enthält Diethyltoluamid. (Riecht wie Pitralon nach der Gärung.) Die Wirkung endet nach einigen Stunden, intimes Beisammensein nach wenigen Sekunden.

Gelsenstift. Das Gleiche in klebrig. Wichtig: Alle Hautstellen müssen eingerieben sein. An die vergessenen erinnert alsbald ein Jahrhundertjuckreiz.

Gelsenstecker. Betäubt den Menschen, damit die Tiere ungestört arbeiten können.

Gelsennetz. Wird wie ein Zelt über das Bett gespannt und sorgt für inneren Frieden. Leider Tierquälerei: Tausende Insekten verdursten vor vollen Blutgefäßen. Die wenigen Überlebenden teilen sich den Menschen in der Früh auf.

Wer braucht Eis?

Speiseeis ist an sich zu kalt. Erwärmt es sich, rinnt es davon. Nimmt man zu viel in den Mund, schmerzen die Zähne. Schleckt man zu sachte, kleben die Finger. Tüten brechen gern ein und schmecken wie Sägespanplatten. Becher sind stillos und man bräuchte eine zweite Hand (die man meist nicht freischaufeln kann). Das Herumstochern mit kleinen Plastiklöffeln ist erniedrigend. Eisschlecken zählt zu den infantilsten und ordinärsten Gesten, zu denen der Mensch fähig ist – und willens, sie öffentlich zur Schau zu stellen.
Nun zu den Eissorten: Zitrone ist entweder zu süß oder zu sauer. Ist es keines von beiden, schmeckt es wie Pulverschnee. Fruchteis insgesamt rechnet sich nur, wenn man Durst hat, macht aber durstig.
Schokoladeneis – ganz gut. (Schokolade ohne Eis: zehnmal besser.) Pistazieneis hat eine Farbe, vor der man in Deckung geht. Haselnuss – zu viel Nuss. Vanille – zu primitiv. Stracciatella – leider schon aus.
Das war unser kleiner Leserservice über mögliche Gründe, warum der Pro-Kopf-Verbrauch an Speiseeis in Österreich (6,5 Liter pro Jahr) unter dem EU-Durchschnitt von acht Litern liegt. Warum Finnen und Schweden 14 Liter Eis schlecken, bleibt uns ein Rätsel.

Das erste Mal

Unlängst hat Frau N. die erste feste Freundin ihres 21-jährigen Sohnes Dominik kennen gelernt. – Heute ist sie seine Ex-Freundin. Mama mochte sie nicht.
Mädels, unterschätzt die Mütter der Jungs nicht! Sie kennen alle Tricks, wie sie aus ihren Söhnen wieder Singles machen, wenn ihr ihnen nicht gefällt. Ob ihr entsprecht, wissen Mütter schon nach ein paar Sätzen. Deshalb wählt als Einstieg:
– »Schön, Sie kennen zu lernen, Ihr Sohn hat schon so viel von Ihnen erzählt.« (Sicherheitshalber »so viel Gutes« beifügen.)
– »Darf ich Ihnen Kaffee nachschenken?« (Sofern sie nicht Tee trinkt.)
– »Haben Sie diesen köstlichen Kuchen selbst gemacht?«
– »Sie sehen viel jünger aus.«
– »Darf ich Ihnen in der Küche ein bisschen zur Hand gehen?« (Falls ihr ihren Buben noch heuer heiraten wollt.)
Wollt ihr euren Freund loswerden, so fragt seine Mutter beim ersten Treffen:
– »Gibt's da keinen Aschenbecher?«
– »Und Sie sind nur Hausfrau?«
– »Schneiden Sie sich die Haare selbst?«
– Oder: »Wir brauchen dringend Geld!«

Tatort Liegestuhl

Trauma jedes austrokanarischen Pauschaltouristen: Man kommt an den Swimmingpool und es ist keine Liege mehr frei. Wo, bitte, stellt man seine Badeschlapfen ab? Wo löst man Kreuzworträtsel? Wo ölt man sich ein? Wo trinkt man seine Biere? Wo verdaut man den Clubsandwich? Kurzum: Wo verbringt man den Urlaub? Anders gefragt: Wozu dann noch Urlaub?
Fazit: Unsere Familienväter sind aufgerufen, Liegestühle zu besetzen und das Revier mit Handtüchern abzustecken. Möglichst im Morgengrauen, damit sie keiner sieht. Jedenfalls vor dem Frühstück, damit es besser schmeckt.
Nichts anderes tat der Welser Radiologe Dr. Roman S. (58) auf Teneriffa. Was geschah? Er kam nach dem Frühstück an den Pool. – Die Tücher lagen auf dem Boden, Spanier auf den Betten. Darf man sich das gefallen lassen? Nein! Ließ er sich das gefallen? Nein!
Das Finale erschüttert seit Tagen die Republik: Vor den Augen seiner Töchter wurde unser Mann auf dem Bett verhaftet (barfüßig, in Badehose), in Handschellen abgeführt und 24 Stunden eingekerkert.
Jetzt klagt er den Veranstalter. Wir fiebern dem Ergebnis entgegen und warnen die Reisebüros: Gebt uns unsere Liegestühle! Sonst pfeifen wir auf euren Süden.

Urlaubsfotos

In Wien werden derzeit täglich 32.000 Fotos geschossen, 18.430 davon sind verschwommen. (Wir können es nicht beweisen, aber solche Zahlen stimmen immer.) Wenn Urlauber nicht wissen, was sie tun sollen, dann fotografieren sie es. Wir geben Polaroidisten neun gute Tipps:

1. Keine Gebäude fotografieren, die Sie nicht kennen. Sie können den Sinn solcher Fotos daheim niemals argumentieren.
2. Keine Gebäude fotografieren, die Sie kennen. Ansichtskarten sind billiger und schöner. (Ausnahme: Freiheitsstatue. Sonst glaubt Ihnen keiner, dass Sie in New York waren.)
3. Keine Sonnenuntergänge fotografieren. Außer Sie spitzen auf eine neue Fototapete.
4. Keine Kühe fotografieren.
5. Keine Menschen fotografieren, die Sie nicht gern kennen gelernt hätten. Fotos machen sie auch nicht spannender.
6. Keine Menschen fotografieren, die Sie gern kennen gelernt hätten. (Sehnsuchtsmotive.)
7. Keine Menschen fotografieren, die Sie kennen gelernt haben. (Eifersuchtsmotive.)
8. Keine Menschen fotografieren, die Sie kennen. (Keine Motive.)
9. Fotoapparat daheim lassen.

Gästeallergie

Mehr und mehr Leser sind der Meinung, dass sich Österreichs Feriengäste gar keine freundlicheren Gastgeber als die vorhandenen verdient hätten; sie seien ja selbst überaus lästig und quengelig. (Nur werden sie dafür nicht bezahlt. Das ist vielleicht der Unterschied.)
Umso mehr freut uns die Kunde von einem tapferen Wirten am grünen Südwestrand Niederösterreichs. Das Ehepaar T. war dem Schild »Berghof« gefolgt und strebte ein Doppelzimmer für eine Nacht an. Wirt: »Ja, haben wir.« Herr T.: »Dürfen wir das Zimmer sehen?« Wirt: »Das Zimmer ist in Ordnung.« T.: »Dürfen wir es trotzdem sehen?« – Ausnahmsweise.
Auf dem Weg dorthin packte der Wirt aus: »I bin allergisch.« – »Wogegen denn?«, fragte der Gast. – »I bin allergisch.« (Zwar keine Antwort, aber eine geseufzte Wiederholung.) Einmal ging es noch: »Wogegen denn?« Da sprach der Wirt: »I bin allergisch gegen Gäste, die ein Zimmer nur für eine Nacht haben wollen.«
Da war der Gast gerührt, entschuldigte sich höflich und suchte ein anderes Quartier. – So lange es unter den Wirten Märtyrer gibt, die sich trotz Gästeallergie und Bettvergabe-Trauma nicht zu schade sind, den Betrieb aufrechtzuerhalten, muss man sich um den österreichischen Fremdenverkehr keine Sorgen machen.

Nacktbaden

Ich bin dagegen. Aber mir fehlen leider die Argumente. Es zwingt mich ja keiner hinzugehen. Darüber hinaus zwingt mich keiner hinzusehen. Und überhaupt zwingt mich keiner …

Vielleicht habe ich ein Problem mit dem zwanghaft Ungezwungenen. Im Grunde habe ich nichts gegen nackte Menschen in der Öffentlichkeit. Ich will nur nicht in der Krawattenabteilung einer Kleiderbauer-Filiale stehen, einen Luftzug spüren und plötzlich von einer Horde Nackter niedergerannt werden.

Möglicherweise habe ich auch Berührungsängste. Das könnte von einem Pogues-Konzert herrühren. Damals geriet ich zwischen die entblößten Oberkörper der grölenden Fans. Haben Sie schon einmal fremde Bauchschweiß-Hopfenperlen am eigenem Leibe verspürt? Danach gereicht schon ein geöffneter Hemdknopf in Nabelhöhe zum traumatischen Erlebnis.

Aber bitte. Ob sich Nudisten nun wie die geschälten Stangensellerie unter die Sonne schlichten oder ob sie mit ihren Michelin-Figuren die FKK-Strände friedlich nutzen und dabei ihre Pöpsche lufttrocknen und ihre Spatzis (falls vorhanden) in den Sand hängen lassen – was soll ich da schon dagegen haben?

Mir tut es nur Leid um die vielen Arbeitsplätze in der Badehosenbranche. Nein, stimmt nicht. Ich mag einfach kein FKK. Muss ich auch nicht, oder?

El Niños Vögel

Ist Ihnen auch schon aufgefallen, dass die Vögel immer lauter zwitschern? – Kommt wahrscheinlich von El Niño. (Derzeit kommt alles von El Niño.) Es gibt ja bekanntlich nur noch zwei Jahreszeiten: den Winter im Winter, im Herbst, an einigen Tagen des Sommers und im halben Frühling. Den Sommer im Rest des Sommers und in der zweiten Hälfte des Frühlings.

Unter den Opfern: die Vögel. El Niño hat ihnen die Zeit für Frühlingsbotengänge ersatzlos gestrichen. Jetzt hängen sie in der Luft und protestieren: Die Rotkehlchen schreien sich die Seelen aus den Kehlen. Die Spechte klopfen sich eines weg. Amseln, Drosseln, Finken und Stare pfeifen aus allen Löchern.

Allein in Wien-Penzing haben mindestens zwanzig Krähen witterungsbedingt den Abflug verpasst und gleich noch eine Saison angehängt. Weil ihnen fad ist, flirten sie. Flirten heißt: unerträglich kreischen.

In einem Penzinger Innenhof residiert ein Krähen-Macho. Seit Ende Mai krächzt er täglich von fünf bis sieben Uhr früh wie Tarzan im Stimmbruch. Dabei benützt er *mein* Fensterbrett und wirbt mit *meinem* Schlafzimmer. Noch dazu vergeblich.

Manchmal wünscht man, wieder vom guten alten Presslufthammer geweckt zu werden.

El Niños Früchte

In der Natur tut sich einiges. Wie wir exklusiv berichteten, zwitschern die Vögel ungleich lauter als früher. (Da diese Behauptung von der Wissenschaft unwidersprochen blieb, dürften wir uns wohl nicht verhört haben.)

El Niño wirbelt aber auch unsere Flora durcheinander. Wer's nicht glaubt, besuche heimische Obst- und Gemüsemärkte. Dort kann man mit freiem Auge eine dramatische Aufholjagd beobachten: Die Heidelbeeren werden immer größer, die Tomaten immer kleiner.

Der Ur-Paradeiser war rund und pfirsichgroß und wenn man hineingebissen hat, entwich im Winkel von 45 Grad eine feuchtkernige Flüssigkeit, der eigentliche Inhalt der Frucht. Als »Fleischtomate« bäumte sie sich noch einmal auf, verformte sich zur »Paprikatomate«, ehe sie drastisch zu schrumpfen begann. Derzeit halten wir bei »Kirschtomaten«. Doch der Trend zum Ribiselparadeiser ist nicht mehr aufzuhalten.

Anders die Heidelbeeren. Einst, in den Wäldern, war man bemüht, sie nicht zwischen zwei Fingerkuppen zu zerdrücken. Heute sind die Körbchen voll mit aufgeblähten graublauen Riesenbabys. Bald werden sie nur noch stückweise erhältlich sein, zum Kilopreis von 350 Schilling.

Warten ist sinnvoll

Schweizer haben es abgestoppt: Der Mensch steckt drei Jahre seines Lebens im Stau. Nicht ein bestimmter. Nicht ununterbrochen (außer er versucht es hinter sich zu bringen). Nicht alle. Aber durchschnittlich jeder. Und das gibt uns doch ein wenig zu denken. So viele Autos? So wenig Straßen? So schmale Spuren?

Ob im Auto oder außerhalb: Warten genießt einen schlechten Ruf. Die Leute lehnen es ab. Es ist ihnen schade um die Zeit. Wir sehen das anders und behaupten:

– Die Menschen warten lieber, als sie denken. Denn denken ist anstrengend. Warten – entspannend. Man braucht keine Ausbildung und keinen Kopf dafür. Nur Geduld. Nein, nicht einmal die. Ist man auch ungeduldig, die Wartezeit bleibt gleich.

– Warten schweißt zusammen. Denken Sie nur an die intime Atmosphäre in Vorzimmern von Zahnärzten. Wildfremde Menschen – ein Blick, eine Backe, ein Schrei. Und das baldige Wiedersehen ist unumgänglich. (Herausnahme der Gifteinlage).

– Warten ist oft sinnvoller als das Worauf. Zum Beispiel auf bessere Zeiten. Oder auf ein Wunder. Oder auf einen Sommer. Oder gar auf eine Pointe. Haben Sie darauf gewartet? Ehrlich? Gratulation! Das ist Lebensqualität.

Eine andere Hymne!

Österreichs Frauen und jene drei Männer, die dem Fußball keine Chance geben und die somit im einmonatigen Vakuum der Tagesaktualität leben, sind zu beneiden. Sie wissen nicht, wie weh es tut, unserem Team zuzusehen, wie es spielt, wenn es spielt, wie es immer spielt. Nun ist zwar schon ein Millimeter französischen Rasens drübergewachsen – aber die Sache gegen Chile war wieder einmal: Magengrubenaushebend. Jämmerlich. Erbärmlich. Österreichisch.

Jahrzehnte grübelten wir, was es ist. Warum spielen wir so miserabel? Warum wirken unsere Profis chronisch schlecht durchblutet und fern jeder Hoffnung auf den Gedanken eines Funkens einer Chance? Seit Mittwochabend glauben wir zu wissen: Es ist die Bundeshymne. Sie drückt uns nieder.

Die chilenische – die hat Rhythmus und Feuer. Die stachelt an, die putscht auf, die peitscht nach vorne. Aber unsere? – Ein schönes Lied, zweifellos. Wie geschaffen für Jubiläen und Begräbniszeremonien.

Doch vor einem Wettbewerb wirkt sie wie Valium. Den Spielern schlafen Gesichter und Beine ein. Sie brauchen neunzig Minuten, um wieder wach und bei Sinnen zu sein. Da geht sich, wie nun zweimal bewiesen wurde, bestenfalls noch der Ausgleich aus.

Frauenprobleme

Ohne Österreich ist die Fußball-WM in Österreich zwar irgendwie sinnlos geworden. Aus Gründen der Höflichkeit werden wir ihr aber dennoch bis zum Schluss beiwohnen. – Wo sich die im Fernsehen doch so viel für uns antun.

Zugegeben, es gibt da gewisse Frauenprobleme. Sie bestehen darin, dass man als Mann über »Frauen und Fußball« sagen kann, was man will. Es ist immer eine Frechheit. Sagt man: Frauen interessieren sich nicht für Fußball, hagelt es Frauenproteste. Sagt man: Frauen interessieren sich an sich schon für Fußball, das Interesse muss nur geweckt werden, erntet man Frauenhohn. Sagt man: Der Fußball unterscheidet nicht zwischen Männern und Frauen, so beleidigt man Fußball, Frauen und Bierproduzenten.

Umgekehrt gibt es im Zusammenhang mit Fußball offenbar keine interessanten Männer. Die ohne Fußball-Leidenschaft stehen unter dringendem Verdacht, auch sonst leidenschaftslos zu sein. Die mit Fußball-Leidenschaft nerven damit, dieser Leidenschaft Abend für Abend zu frönen.

Außerhalb der TV-Bildschirmzonen läuft überhaupt nichts mehr. Innerhalb läuft immer das Gleiche. Der Ball. Und das noch satte siebzehn Tage.

Noch 630 Minuten

Noch zehn Tage. Noch sieben Spiele. Aus acht Viertelfinalisten werden vier Halbfinalisten werden zwei Vollfinalisten wird ein Weltmeister. Vor unseren Augen. Live! (»Live« heißt: Leben ist Fußball, Widerstand zwecklos.)
Und das noch 630 Spielminuten. Trösten Sie sich: 5.090 Minuten (inklusive der 270 grausamen inländischen) sind bereits überstanden. Jetzt nur keine Halbherzigkeiten! Diese WM ist zu offensichtlich. Sie erregt weltweit gar größeres Aufsehen als Österreichs EU-Präsidentschaft. Da bleibt nichts anderes übrig, als dem Ball auf die Beine zu schauen, die ihn treten. Also:
– Nicht erst beim Torjubel aufblicken. Wenn einmal gejubelt wird, ist das Tor erfahrungsgemäß bereits gefallen. Man hat also eine von durchschnittlich drei Sekunden versäumt, auf die neunzig Minuten gewartet wird.
– Nie zum Team der Fescheren halten. Fesche sind ohnehin fesch und müssen sich nicht mehr beweisen. (Ausnahme Österreich, aber als Volk von EU-Präsidenten müssen wir uns nun auch nicht mehr beweisen.)
– Nie mit der Einstellung zusehen, die Besseren mögen gewinnen. Damit verpatzen Sie sich jedes Spiel.
– Siegen macht glücklich. Also geben Sie sich einen Ruck und halten Sie endlich zu Deutschland!

Kein Zahnbegräbnis

Entgegen anders lautenden Meldungen findet heute kein Zahnbegräbnis statt, weder in St. Petersburg noch sonst wo. Es hat eben nur verdammt danach geklungen.
Natürlich fielen wir nicht lange darauf herein. Je öfter im ORF davon die Rede war, desto klarer wurde uns, dass es unmöglich sein kann: Nein, es kommt zu keiner Beisetzung der Überreste der letzten Zahnfamilie (unter Verwendung schwerer Atemschutzgeräte). Keine Trauerminute für die vielen verlorenen Eckzähne. Keine Ehrung goldener Zahnkronen. Keine TV-Dokumentation, in der der Zahnverfall bis zu den Wurzeln zurückverfolgt wird. Keine Zahnsteinstiftung der Firma Blendamed. Alles Phantasie. Alles Schwachsinn. Wir haben uns gründlich verhört.
Nun, der Österreicher ist eben geneigt, auf ein phonetisch wahrnehmbares »R« zu verzichten. Dem Tiroler rutscht es in den Rachen. Dem Kärntner klebt es am Gaumen. Der Steirer verbellt es. Dem Wiener ist es mindestens »wuascht«.
Ein Zar ist bei uns ein »Zaa«. Mehrere Zaren sind »Zaan«. Das hat nichts mit rhetorischer Ausbildung von Moderatoren zu tun. Uns fehlt einfach die Veranlagung zum »R«. Wir sollten es abschaffen. Eine neue Rechtsprachreform muss her!

Zu heiß für hier

Oft freut man sich auf etwas und wenn es dann da ist, fragt man sich, warum man sich eigentlich gefreut hat. Manchmal fragt man sich sogar, *worauf* man sich eigentlich gefreut hat.
Derzeit belästigt uns der Hochsommer. 200 Tage haben wir uns darauf gefreut. 50 Tage haben wir geduldig gewartet. 50 Tage ungeduldig. 20 Tage sehnsüchtig. 20 Tage (nach seiner geplanten Ankunft) verzweifelt. Jetzt ist er da. Jetzt brauchen wir ihn nicht mehr. Er widert uns an. Er ist zu heiß.
Hitze ist perfide. Gegen Kälte schließt man die Fenster. Gegen Hitze kann man sie öffnen, so viel man will: Hitze macht Wohnen unerträglich. Mit weniger als keiner Decke kann man sich nicht zudecken: Hitze macht Betten sinnlos und Nächte schlaflos.
Kleidung wird überflüssig. Statt (Fett-)Schichten abzulegen, legt man Textilien an, um zu tränken, was nie trocknet. Fußballgroße Flecken unter den Achseln, bedingungslos ausgereizte Nabel-, Bein- und Fußfreiheiten und die Strenge der zugehörigen Gerüche besiegeln den Stadtbildpflegenotstand.
Wenn die Rettung nur noch »Gänsehäufel« heißen kann, wissen wir endgültig: Wir sind zur falschen Zeit am falschen Ort.

Sommergespräche

Einer der Nachteile, im Juli und August daheim zu sein, besteht darin, dass man zwei Monate lang ununterbrochen gefragt wird, ob man schon im Urlaub war.

Diese Frage lässt sich zwar mit einem klaren »Nein«, allenfalls mit einem erweiterten »Nein, noch nicht!« (gegebenenfalls mit einem erschöpfenden »Nein, noch nicht, aber bald«) niederschmettern. Allerdings zwingen einen die abwartenden Mienen der Fragenden zur Floskel der Höflichkeit: »Und Sie?« – Hoffen Sie nicht auf ein: »Auch noch nicht!« Solche Menschen hätten nicht gefragt.

Vielmehr erfahren Sie jetzt Genaueres über Ort und Zeit eines Ferienaufenthaltes. Danach ist mit einer dramaturgischen Pause zu rechnen, die Sie nötigt, die Schlüsselfrage zu stellen: »Und hatten Sie schönes Wetter?« – Nie erfahren Sie »Ja« oder »Nein«. Immer folgt Analytisches, oft nach Urlaubswochen gegliedert. (Etwa: »In der ersten Woche hatten wir drei Regentage, eigentlich zweieinhalb, denn der Mittwoch war in der Früh noch …«)

Eine derart in Schwung gekommene Konversation kann praktisch nicht mehr gestoppt werden. Es folgt der Urlaub aus der Sicht der Kinder und Großeltern. Dann der Höhepunkt: »Und wo geht's bei Ihnen hin?« – Antworten Sie nicht, laufen Sie davon!

Klatsch-Zwang

Besuchen Sie gern Konzerte? Und was tun Sie dort gern? – Zuhören, nicht wahr? Ich auch.
Im Wiener *Reigen* sangen und spielten kürzlich »Shlomit & Band«. Großartig! Sollten Sie sich einmal anhören.
Leider kam, was kommen musste, weil es immer kommt, wenn eine Band versucht, mehr Stimmung zu erzeugen, als die Zuhörer freiwillig hergeben: Die Musiker schlugen demonstrativ die Hände zusammen – um dem Publikum zu zeigen, was es gefälligst tun soll.
Mein ganz persönliches Problem: Ich schaff es nicht. Ich kann nicht auf Befehl klatschen. Ich hasse es. Es kommt mir stumpfsinnig vor. Ich bin Zuhörer, kein Einpeitscher. Automatisch verschränke ich die Arme und warte auf einen Taktwechsel (an dem jedes Herdengeklatsche sofort zerbricht).
Natürlich entdeckt man mich, den Totalverweigerer, sofort. Alle Musiker starren zu mir. (Sagen Sie nicht, das bilde ich mir nur ein!)
Die Riffs werden langsamer, das Keyboard setzt aus, der Schlagzeuger spannt seine Muskeln. Die Sängerin funkelt mich an, als hätte ich das Konzert geschmissen. Irgendwann werden sie mich auf die Bühne zerren und zum Vorklatschen nötigen. Aber eher lasse ich mir die Hände abhacken!

Lustig essen für Senioren

Im Jahr 2050 werden in Wien angeblich viermal so viele 90-Jährige leben wie heute. Es wäre verwunderlich, wollten dann nicht auch viermal so viele 90-Jährige täglich essen, viermal so viele daheim, viermal so viele ab und zu im Restaurant. – Viermal so viele würden die Speise(daten)karte(i) studieren. Viermal so viele würden jammern, ein ganzer Mikrowellenbraten sei ihnen viermal zu viel.
Schon die heimische Gastronomie der 90er-Jahre hat erkannt: Senioren zahlen wie Erwachsene und schlucken wie Kinder. So finden sich in geschmackvoller Verschränkung entfernter Generationen – »Für unsere kleinen und älteren Gäste« – portioniert und zensuriert: »Pumuckl« (Wursti), »Schneewittchen« (Hendi), »Winnetou« (Schnitzi), »Donald Duck« (meistens kein Wulli-Enti) und Ähnliches. Dass sie das noch einmal erleben dürfen! In etwas sensibleren Häusern lässt man wenigstens die Kinder aus dem Spiel und bietet, ghettoartig abgegrenzt, »Seniorengerichte« an – unter Verzicht auf zielgruppengerechte Beschreibungen wie »Heinz-Conrads-Palatschinken«, »Franz-Antel-Hüftsteak« oder »Alfred-Böhm'sche-Krautroulade«.
Wie wär's schlicht mit »kleinen Portionen« für Menschen jedes Alters, denen große Portionen zu groß sind? Rüstige 90-Jährige würden sich dabei mündiger vorkommen. Im Jahr 2050 viermal so viele.

Lachen kann unlustig sein

Kinder lächeln durchschnittlich 400-mal am Tag, 150-mal entkommt ihnen, als (hörbare) Steigerung, ein Lachen. Erwachsenen entlockt der Alltag stolze fünfzehn geräuschlose Lächler, sechsmal täglich wird aufgelacht.

Lachen kann auch unlustig sein. Dem Schulkameraden Hirschl Robert widerfuhr im Bubenalter ein so schmerzhaft fröhliches Erlebnis, dass er sich vorübergehend sogar vom Glauben abwenden musste. Es geschah während einer heiligen Messe, als der Pfarrer die Hostie hob und sprach: »Das ist mein Leib.« – Worauf, quasi als Bestätigung, unter Hirschls Sitznachbarin ein knallartiges Geräusch frei wurde, welches für seinen Geruch bekannt ist. Der Pfarrer war irritiert, das Kirchenvolk schmunzelte verschämt.

Armer Hirschl! An den folgenden Sonntagen bog er sich trotz bester Vorsätze bereits während der Predigt vor Lachen. Bei: »Nehmet und esset alle davon«, versank er knallrot unter der Gebetbank. »Das ist mein Leib«, war ihm stets zu viel. Da explodierte er. Am fünften Sonntag flog er aus der Kirche.

Heute soll er als Arzt der »Barmherzigen Brüder« Bauchkrämpfe behandeln – aber das ist wirklich nur ein Gerücht. Jedenfalls ist er erwachsen und lächelt täglich nur noch 15-mal.

PR-Terror

Unlängst hatte ich einen bösen Bürotraum. Ich erhalte ein Telefax. Darauf steht: »Agentur Weber stellt sich vor. Wir bitten Sie um Bestätigung, dass Sie unser Fax erhalten haben.« Ich werfe den Zettel weg. Eine Stunde später, Telefon: »Guten Tag, Agentur Weber. Haben Sie unser Fax erhalten?« Ich: »Fax? Nein, ehrlich nicht.« – Agentur Weber: »Dürfen wir es Ihnen noch einmal schicken?« – Ich: »Bitte!« Das Fax kommt. Ich verstecke es im Aktenstoß. Eine Stunde später, Telefon: »Agentur Weber, guten Tag. Haben Sie uns schon ein Retourfax geschickt?« Ich: »Äh, ja, wieso?« Agentur Weber: »Es ist aber nicht angekommen. Dürfen wir Ihnen eine E-Mail schicken?« Ich: »Bitte.« (Nicht!)
Ich erhalte eine E-Mail. »Agentur Weber stellt sich vor. Dürfen wir Ihnen Unterlagen schicken?« Ich lösche die E-Mail. Weber, Telefon: »Haben Sie unsere E-Mail erhalten?« Ich: »Nein.« Weber: »Dürfen wir Ihnen ein SMS schicken?« Ich: »Nein.« Weber in Fünf-Minuten-Intervallen per Fax, E-Mail, SMS, Telefon, Megafon: »Dürfen wir Sie zu unserer Präsentation einladen?« – »Der Chef würde Sie gerne persönlich kennen lernen.« – »Brauchen Sie noch Unterlagen?« (…) Ich: »Neiiiiiiiiiin!« Dann werde ich abgeholt.

Welch ein Postwurf!

Es gibt Witze für alle Alterskategorien. Je älter der Mensch, je eher ein Mann und je mehr Männer zuhören, desto eher und deftiger geht es um Sex, desto schlüpfriger ist die Pointe und desto schmutziger wird darüber gelacht.
Als Kind ist man bedeutend anspruchsvoller. Damals, in den späten sechziger Jahren, gefiel uns: »Wer das liest, ist doof!« Noch besser: »Wer das liest, ist ein Esel!« Das war Humor vom Allerfeinsten: kritisch, sinnbildlich, sensibel, intellektuell und mit der Garantie auf eine hundertprozentige Trefferquote. Niemand wurde verschont, kein Abnehmer war uns zu wenig blöd dafür.
Nun greift ausgerechnet die Post mit einer ihrer berüchtigten Wurfsendungen unseren nostalgischen Witz wieder auf. Die Vorderseite packt uns sogleich an der Achillesferse unserer telekommunikativen Abgebrühtheit: *BITTE nicht wegwerfen!* – Niemals würden wir es wagen. *Neue Rufnummern für Auskunft und Störung.* – Endlich, die alten Nummern waren ohnehin schon langweilig. *BITTE umdrehen und lesen!* – Machen wir selbstverständlich sofort.
Die mit Spannung erwartete Rückseite ist – leer. Respekt! Der war gut, der ist gelungen, den wollen wir uns merken!

Gerade mal (I)

Es ist so, dass wir Österreicher uns für die deutsche Sprache gerade mal nicht genieren müssen. Es lässt sich auch gut damit leben, dass Österreichisch mal eben ein bisschen anders klingt als Deutsch. Leider verstehen uns dann die Deutschen gerade mal nicht so gut. (Viel öfter noch mal eben: Gott sei Dank.)
Andererseits: Unsere Bücher und Filme verkaufen sich in Deutschland gerade mal (wieder) miserabel, deutsche Bücher und Filme in Österreich mal eben schon immer viel besser. Das heißt: Entweder sind die deutschen Bücher und Filme gerade mal besser geschrieben und gedreht als die österreichischen. Oder die Nachbarn begreifen uns mal eben nicht annähernd so gut wie wir sie. Da wir gerade mal vom Zweiten ausgehen, bemühen wir uns mal eben um größere Verständlichkeit.
Nun gibt es deutsche Begriffe, bei denen es gerade mal völlig unmöglich schien, dass sie mal eben mühelos den österreichischen Sprachschatz erobern könnten. Aber wenn eine deutsche Redensart mal eben ins Österreichische eingeflossen ist, dann fällt das hierzulande gerade mal keinem mehr auf. Bisher fanden wir mit »bislang« gerade mal eben das Auslangen. »Gerade mal« hat uns mal eben gerade noch gefehlt.

Gerade mal (II)

Die Germanismen »gerade mal« und »mal eben« dürften über elektronische Kanäle nach Österreich geflossen sein. Der vertrauliche Hinweis kam von Leserin Sonja D. Sie beobachtet seit längerem ORF-Moderatoren, wie sie sich ungeniert teutonische Worthülsen aus PRO 7, RTL und SAT 1 ins Programm hinüberholen. Tatmotiv: Quotenjagd. Nun wissen wir, wo der Frosch die Locken hat.

Sprachexpertin Heide K. wirft allerdings ein, dass auch die Deutschen mittlerweile scharf auf Austriazismen seien. Ihr Lieblingswort ist angeblich »eh«, darauf seien sie derzeit ganz narrisch. Oft sprechen sie drei Sätze mehr als notwendig, nur um noch drei weitere »eh« unterzubringen. Denn »eh« ist für sie eine Art Sprachtherapie. Sie fühlen sich dann ein wenig lockerer, unbeschwerter, einfach österreichischer. Ihnen ist sogar, als hätten sie Humor.

Uns ärgert das ein bisschen. Eh klar. Denn in den Schulen bis tief hinunter nach Wien-Favoriten mussten wir peinlich gespreizte und orthographisch komplexe Ausdrücke wie »ohnehin«, »ohnedies« und »außerdem« verwenden, nur weil »eh« in keinem deutschen Duden stand. Nun sehen wir: »Eh« geht eh. – Wenn's den Deutschen gerade mal eben passt.

Gerade mal (III)

Au Backe! Da haben wir vielleicht wo hineingestochen! Ein paar harmlose Alltags-TV-Germanismen – und die heimische Leserschaft ist in Aufruhr und outet sich als Austrosprachpolizei. Ab heute verboten: »Diesjährig« (wenn wir einmal zum »Diesjährigen« statt zum Heurigen gehen, sind wir endgültig jenseitig); »vor Ort« (solange es »dort« gibt); »bislang« (bisher gnädigst geduldet); und »Schnäppchen« (denn ein Sonderangebot ist uns noch immer recht und billig genug).

Die Österreicher wollen also offenbar gar nicht bundesdeutsch reden. Es passiert ihnen höchstens und nachträglich tut es ihnen schrecklich Leid – falls man sie darauf aufmerksam gemacht hat. Denn dann wissen sie, dass sie unnötigerweise Kalorien verbraucht haben. Je echter nämlich der Österreicher, desto lieber sagt er gar nichts. Er schaut nur. Da weiß der andere eh gleich Bescheid. Außerdem strengt es weniger an.

Wenn er aber etwas sagt, dann verwendet er ungern Worte dafür, lieber nur Buchstaben. Einem ehrlichen Waldviertler genügt etwa täglich ein Schachtelsatz in der Dimension von: »I hou eh a nua a weng gnuma.« Der Deutsche würde übersetzen: »Ich habe ohnedies ebenfalls gerade mal ein klein wenig ’von verwendet.« – Was das für Kraft kosten muss!

Gerade mal (IV)

Wir wollen uns heute von der Kurzserie über Gebrauchsgermanismen, die unter Verkabelung unglücklicher TV-Zustände in Österreich hängen geblieben sind, verabschieden: Tschüs!
Gerade noch rechtzeitig erinnert uns Leser Gernot an seine raue Kindheit, in der »Tschüs«-Buben, sofern sie sich nicht zeitgerecht hatten vertschüssen können, signifikant häufiger über »alle fünf Finger« im Gesicht klagten als österreichisch Sprechende.
Zur Klarstellung: Wir vergöttern die deutschen Nachbarn. Wir bewundern ihren Ehrgeiz. Wir, äh, staunen über ihre Leistungsbereitschaft. Wir könnten ohne die Kultivierung unseres Minderwertigkeitskomplexes ihnen gegenüber gar nicht so locker dahinleben. Uns fehlte ein Teil unserer Identität. Aber ihre Wortmalerei ... tut uns Leid: Die erfüllt nicht die Kiefersfelden-Kriterien der erwünschten Einreise in unsere Heimat.
Deshalb entweder wienerisch: Baba (und foi net)! Oder scheinbar italienisch, doch im Vollbesitz jenes »o«-ähnlichen »Au«, das den Österreichern jeden Trennungsschmerz erträglich macht: Tschau! Oder (spätestens wenn Hansi Hinterseer Thomas Klestil in der Hofburg ablöst unverzichtbar): Pfiat eich! – Jedoch bitte niemals: Tschüs, Tschüsse, Tschüssi oder gar Tschühüs!

Die letzten Stollen

Sehen Sie, so schlimm war es gar nicht. Karpfen am Donnerstag. Gans am Freitag. Ente am Samstag. Karpfen, Gans und Ente am Sonntag. Und statt der Verdauung: Kekse.

Zu kurz gekommen ist auch heuer wieder – der Christstollen. Im Advent langten diese Geräte, zentnerschwere Zementprügel der Unbestechlichkeit, als kleines »Wir-würden-gern« von Firmen für Firmen in den Firmen ein.

Über die Feiertage ruhte der (jeweilige) Stollen im Büroraum. Wenn Sie heute Ihr Zimmer betreten, wartet er schon auf Sie. Wenn Sie erst nach den Heiligen Drei Königen wieder zu arbeiten gedenken, liegt er noch immer dort. Er hat alle Zeit der Welt. Er ist unverwüstlich. Er lässt sich weder biegen noch brechen.

Die feuchte Frühlingsluft bekommt ihm gut. Die heißen Sommertage steckt er knochentrocken weg. Der Nebel im Herbst kann ihm nichts anhaben. Anfang Dezember sollte man ihn langsam wegräumen. Dann kommt bereits der frische, Verzeihung: der neue.

Nun, Buzzo, Herzeigespaniel der Redaktion, wagte es, vor dem Fest an einem irrtümlich ausgepackten Stollen zu schnuppern. Unbestätigten Meldungen zufolge befindet sie sich mit einer Staublunge unter tierärztlicher Beobachtung.

Zu viele Schuhe

Willkommen am ersten Werktag des Jahres 1999. Vorsätze? – Danke, ebenfalls keine! Reden wir von bodenständigeren Sätzen, zum Beispiel von Absätzen. Warum brauchen Frauen so viele Schuhe? (Zugegeben, man muss die Frage nicht unbedingt heute stellen, aber worauf sollen wir warten, auf die neue Sommerkollektion?) Hier unser Sortiment an spontanen Antworten aus der weiblichen Kollegenschaft:
Weil Schuhe schick sind.
Weil Schuhe erotisch sind.
Weil ich mich spüren will.
Man gönnt sich ja sonst nichts.
Schuhe sind Wertanlagen.
Ich muss sie mit niemandem teilen.
Ich brauch für jede Stimmung ein Paar.
Weil ich an keinem Schuhgeschäft vorbeigehen kann, ohne hineinzuschauen, und in kein Schuhgeschäft hineinschauen kann, ohne hineinzugehen, und in kein Schuhgeschäft hineingehen kann, ohne Schuhe zu probieren, und wenn sie passen, gehören sie mir.
Und woran erkennt man den Mann, der keine Ahnung von Schuhen (also keine Ahnung von Frauen) hat? Er sagt:
Hast du nicht schon so ähnliche? (Trennung in Aussicht stellen!)
Du hast doch schon schwarze. (Sofort trennen!)
Du hast doch schon Winterschuhe. – Mit ihm waren Sie zusammen?

Maier meldet nicht

Unlängst beantwortete Österreichs Serienheld Hermann Maier nach einem missglückten Lauf, an dem der patzige Schnee schuld gewesen sein muss, die aufgeregte Suggestivfrage des Reporters im Ziel: »Und jetzt werden Sie die Bedingungen sicher gleich an unsere Läufer, die noch oben stehen, hinauffunken?«, mit den Worten: »Oba na! Des werns' scho söba wiss'n!«
Das war ein Schlag ins pausbackige Gesicht des patriotischen Teamgeistes. Bisher ließ man uns glauben: Bei einem österreichischen Neunfachtriumph freut sich der Neunte am allermeisten. Jetzt erfahren wir: Sie scheren sich kein bisschen um das Schicksal jener Landsleute, die noch oben stehen.
Für den TV-Sport bricht eine Welt zusammen. Er lebt seit Jahrzehnten von der knisternden Spannung der Inländer am Start. – »Was mag in dem jungen Österreicher jetzt vorgehen?« – »Wie wird er diese gefährliche Passage meistern?« – »Weiß er von dem schrecklichen Sturz?« Dramatischen Fragen wie diesen fehlt plötzlich die funktechnische Grundlage: Denen oben meldet man nichts. Die werden es schon selber wissen, oder auch nicht. Kommen sie runter: gut. Fallen sie aus: auch gut. Dafür also verschütten die Sportreporter literweise nationales Adrenalin.

Reifeprüfung

Wir würden gern einmal wieder über Schnee berichten. Aber in Wien gibt es heuer keinen. Wir wissen schon gar nicht mehr, wie es klingt, wenn Sommerreifen durchdrehen.

Auf der Suche nach einem würdigen Winterthemen-Ersatz stießen wir auf *sie*. Sie hat eine famose Entwicklung hinter sich. Sie ist nicht wieder zu erkennen. – Die Grapefruit.

Ihr Name allein trieb uns tiefe Furchen ins Gesicht. Wenn etwas an den Wintern der 60er- und 70er-Jahre bitter war und uns sauer aufstieß, dann sie. (Groß-)Eltern aus allen Lagern verbündeten sich, nannten sie »Vitamine«, taten, als würde man ohne sie nicht überleben, und schoben sie uns Kindern löffelweise in die gekrümmten Münder.

Grapefruit-Essen war ein spartanischer Kult. Die zitronengelben Kugeln wurden halbiert, sternförmig eingeschnitten, mit zehn Zentimeter dicken Zuckerschichten einbalsamiert und zum Verzehr freigegeben. Was für eine Zerreißprobe für die Geschmacksnerven! Der Schmerz der Bitternis zog sich bis in den kleinsten Zehennagel.

Heute ist die Zitrusfrucht wie ausgewechselt: Strahlt zartrosa. Lässt sich wie eine Orange schälen. Lässt sich tropffrei in Spalten legen. Schmeckt vorzüglich. Jahrzehnte hat sie gebraucht, jetzt ist sie reif.

Das eine oder andere

Österreich würde schlecht (bis gar nicht mehr) dastehen, gäbe es nicht stündlich das eine oder andere DAS EINE ODER ANDERE aus dem Munde irgendeines öffentlichen Sprechers der Nation.
Es ist müßig darauf hinzuweisen, dass es sich beim »anderen« um etwas anderes als um das »eine« handeln sollte. (Sonst wären die beiden entweder ein und dasselbe oder zwei vom Gleichen.) Gegen diese simpelste Logik der Verschiedenheit wird sowohl das eine als auch das andere und beinahe jedes weitere Mal verstoßen.
Zum Beispiel in der Meteorologie: »Es wird recht sonnig. Mit dem einen oder anderen Regenschauer muss man aber überall rechnen«, heißt es. Das ist das Teuflische am heimischen Wetter. Rechnet man mit dem einen Schauer, kommt garantiert der andere.
Noch schlimmer im Fußball: »Wir hoffen, dass uns das eine oder andere Tor gelingen wird«, sagt der Trainer weinerlich. So wird jedes Match zum Schicksalsspiel. Denn für die Entscheidung, ob nun besser das eine oder das andere Tor erzielt werden soll, reichen oft weder heimische Spielintelligenz noch neunzig Minuten.
Nun auch noch der Wahlkampf: »Wir hoffen, das eine oder andere Mandat dazuzugewinnen«, gibt man sich vorsichtig optimistisch. – Viel zu bescheiden! Das Volk schreit nach Politikern, die entschlossen sind, beide Mandate zu kriegen. Und noch einige dazu.

Zugenitscht (I)

Wenn stimmt, was uns Kollege F. exklusiv aus Wiener Schulen berichtet, verwenden die Kids heute nicht mehr das umgangssprachlich lebendige »ur«, sondern haben den Stamm auf ein geradezu penetrant hochdeutsches »ure« modifiziert, z. B.: »Das ist ja eine ure Gaude!« – Diese Jugend wird es im Leben schwer haben.

Zum Glück gibt es genügend junge, schlaffe Nihilisten (mit aufwendig ungepflegter Haartracht und von Knie- auf Knöchelhöhe fallendem Hosenschritt), die weiterhin vollkommen abgetörnt und megacool durch die Landschaft schleichen und ihr menschliches Umfeld als Ansammlung von Ödbären betrachten, bei deren Anblick ihnen das Gesicht einschlafen würde, müssten sie es nicht vorher aus dem künstlichen Tiefschlaf wecken, wozu ihnen freilich die Kraft fehlt. Auf der opportunistisch-lebensbejahenden Seite hat sich die »Supi«-Generation einen Namen gemacht: eben »supi!« Das findet sie auch noch »gutl«.

Sehen Sie, jetzt ist es passiert. Jetzt ist die Einleitung so lang geworden, dass wir hier und heute gar nicht mehr zum eigentlichen Thema (siehe Überschrift) vordringen. Aber Ehrenwort: In Kürze kommen wir zur Pointe.

Zugenitscht (II)

Unter den sonst eher vorpubertären Sprachmodeschöpfern der Gegenwart hat sich ein reifer Herr in die erste Reihe gespielt, dem wir, ehrlich gesagt, eher zugetraut hätten, Bill Clintons Zigarrensammlung zur päpstlichen Prüfung in den Vatikan zu schaffen, als einen spannenden aktionistischen Begriff zu kreieren: Martin Humer, 73, oberösterreichischer Jäger, dem Porno seit Jahrzehnten religiös entbunden – und ihm dennoch dicht auf den Fersen.

Humer hat die »Apokalypse«, ein Gemälde von Otto Muehl, mit roter Farbe (nach eigenen Angaben) »zugenitscht«. Welche Klangfarbe! Was für ein Wortstamm! Welch ein Kraftausdruck!

Nun liegt es an uns, den Terminus einer breiteren Öffentlichkeit in den Mund zu legen: Zieht man ein ehemals blütenweißes T-Shirt zuckerlrosa aus der Waschtrommel, so wähle man statt der altmodischen Formel »Verflixt und zugenäht!« das passendere »Verdammt und zugenitscht!« Die vulgäre wienerische Fragestellung »Bist ang'schitt?« könnte durch ein elegantes »Bist zug'nitscht?« ersetzt werden. Und auch: »Gestern hab ich zu viel Rotwein getrunken«, wird der Katerstimmung in neuer Form gerechter. – »Gestern hab ich mich ordentlich zugenitscht!«

Zugenitscht (III)

Es gilt, der aktionistischen Wortspende des für seine PR-Aktivitäten in der Pornobranche so beliebten Martin Humer, der nächste Woche wegen unerlaubter Überarbeitung eines Mühl-Gemäldes vor Gericht stehen wird, zum Durchbruch zu verhelfen. – »Zugenitscht« möge den Sprung in den Duden schaffen.

Dort könnte einmal zu lesen sein: **zugenitscht;** *etwas wird z.;* inf.: zunitschen. **1.** *neuösterreichisch für* etwas mit roter Farbe (urspr.: Stierblut) zuschütten. **2.** *übertr.:* **a)** *sich zunitschen:* große Mengen Alkohols (Rotwein) konsumieren; sich starker Sonneneinstrahlung aussetzen, sich einen Sonnenbrand holen; **b)** bei Babys: *etwas z.:* mit Erdbeermarmelade (Himbeeren, Roten Rüben etc.) bekleckern; **c)** vgl.: *vernitschen; vernitsche mich nicht:* mach mich nicht zornig; beschäme mich nicht. **3.** *polit.:* »eine zugenitschte Gemeinde«: Gemeinde mit hohem Stimmenanteil der Sozialdemokraten.

Verwechseln Sie uns »zugenitscht« aber bitte nicht mit »zugenietzscht«. Dieses bedeutet: »kopflastig sein«, »den Kopf voll (wirrer) Gedanken haben« oder »wie Zarathustra sprechen«. – Wenn Prophet Humer so weiternitscht, könnte er es schaffen.

Sommer-Jetlag (I)

Seit Samstag zwei Uhr normaler, respektive drei Uhr perverser europäischer, haben wir ebendiese Zeit – die Sommerzeit. Das bedeutet: Wenn Sie sich heute um acht Uhr früh die Zähne geputzt haben, dann hätten Sie sich eigentlich erst eine Stunde später die Zähne geputzt gehabt und dennoch wäre es acht Uhr gewesen. Und wenn Sie normalerweise sagen: »Um neun brauche ich meinen ersten Kaffee«, so beschummeln Sie sich von nun an täglich um je eine Stunde und werden dadurch insgesamt unglaubwürdig. Doch das sehen nicht alle so. Es gibt genügend Opportunisten, für die sich mit jeder Umstellung rein gar nichts ändert: Sie schauen, was auf der Uhr steht. Zeigt diese Zwölf, so heißt es: Mittagessen. Zeigt diese Elf, so heißt es: noch eine Stunde bis zum Mittagessen. Und so weiter.

Kritische Geister und sensible Gemüter, die sich von der Uhr nicht täuschen lassen, fangen sich bei jeder Umstellung einen je einstündigen großhirnformatigen Jetlag ein, der eigentlich stationär behandelt werden müsste. Allerdings fehlen die Betten. Also schleichen diese Leute von nun an ein halbes Jahr zeitlich verschoben durch die Gegend und warten auf das böse Erwachen im nächsten Winter.

Sommer-Jetlag (II)

Nach fünf Tagen Sommerzeit brechen wir das Schweigen: Wir sind müde. Wir sind kraftlos. Wir können so nicht weiterleben. Wir wollen die Uhren wieder richtig stellen!
In aller Offenheit: Die von Menschenhand getätigte Zeitverschiebung ist unmoralisch. – Betrug an der Sonne. Selbsttäuschung. Unerlaubter Eingriff in die Natur. Schlafesraub. Gähn-Manipulation.
Der Wecker weckt uns um sieben. Aber wir sind ja nicht deppert: Es ist sechs. Wir frühstücken um acht – es ist sieben. (Mittagessen und Jause dürfen Sie sich selbst ausrechnen, uns fehlt die Energie.)
Normalerweise endet die Arbeit um fünf. In Wirklichkeit ist es erst vier, also bleiben wir länger – und schreiben je eine Überstunde. (Bald wird die Wirtschaft zusammenbrechen.)
An Werktagen pflegen wir zwischen elf und zwölf schlafen zu gehen. (Damit wir unseren aufbruchbereiten Kindern noch einen schönen Abend wünschen können.) Ist es halb zwölf, so ist es aber erst halb elf. Um halb elf sind wir unmöglich schon müde. Also bleiben wir eine Stunde länger wach. Das versuchen wir am Morgen wieder gutzumachen. Also stehen wir eine Stunde früher auf: um sechs. Aber um sechs ist es eigentlich erst fünf … Verstehen Sie? Wir wollen nicht mehr. Stoppt die Sommerzeit!

Alles Apfel

Aus Anlass der anfallenden Apfelblüte erwartet Sie heute ein kleiner geruchsgeschichtlicher Abriss.

1966 bekam ich meinen ersten Radiergummi. Er war rot-blau (rot zum Verwischen, blau um Löcher ins Papier zu reißen) und roch nach – Gummi.

1969 packte Nachbar Kurt B. (heute Maler) einen Jolly-Radierer aus. Der roch sensationell. Er war das erste Zuckerl, das man nicht lutschen konnte. Kurt B. aß ihn auf.

1970 wurde der Apfel »Granny Smith« erfunden (bzw. auf dem Wiener Viktor-Adler-Markt erstmals gesichtet).

1975 roch bereits die Hälfte aller Schülerköpfe einmal wöchentlich (öfter wusch man sich damals noch nicht die Haare) nach Granny Smith.

1980: Granny erobert die Weichspülung. Tausende Pullover duften nach grünem Apfel. Abertausende Motten übergeben sich.

1990: Der Granny-Geruch geht in Geschmack über (Bärli-Gummi, Essig, Eis, Tee, Saft). Zur vollständigen Grannysierung des Körpers ist Apfel auch als Creme und Gel erhältlich.

2010: In den Mozartkugeln wird Marzipan durch Apfel ersetzt. Unterhaltungsminister Stronach eröffnet Granny-Disney. Und Altkanzler Klima streift sich für *News* (das man zum Schnupperpreis nun auch riechen kann) eine Granny-Krawatte über.

Schnupperkurs mit Pollen

Der rotäugige VfbÖ (Verein für ein blütenfreies Österreich), in dessen zubetonierten Niederlassungen nach dem überraschenden Sommereinbruch derzeit das Tragen von Helmen angeraten wird, wendet sich mit folgender Behauptung an Thomas Gottschalk: Wetten, dass Herr Rudolf P. aus Laab im Walde allein am Niesgeräusch eines Allergikers erkennen kann, welche Polle sich dieser soeben unabsichtlich hineingezogen hat? Hier eine kleine Kostprobe:

– Zögerlicher dreifacher Anlauf *(Ha-ha-ha)*. Schwungvoll-frischer Ausführungsteil *(Ttschi)*: die Hainbuche.

– Kraftvoller Auftakt, wie beim Heben unerwartet schwerer Gegenstände *(Huuuuaaa)*. Vollmundiger Abgang mit Oktavensprung auf die Endsilbe *(Tschiiiii)*: die Walnuss.

– Militant-zackige Ankündigung aus den Tiefen der Kehle *(Harrr)*. Explosionsartig scharfer, feuchter Abschluss *(Uptschi)*: die Esche.

– Zügellos-animalischer Eröffnungsgalopp *(Hüüüo)*. Tränenreiche Abschiedssequenz. *(Tschüüüüü)*: die Rübe? – Leider falsch! Aber *ein* Irrtum ist erlaubt.

– Klosterschulmäßig nasaler Schnupper-Einstieg *(Nff-f-f)*. – Fehlalarm. Keine Fortsetzung. Niesvorgang unbefriedigt abgebrochen: die Gerste. Sie blüht erst in ein paar Wochen.

Schlag und Sünde

Je mehr Ober, Kellner, Fräuleins, Hallos, Bittschöns, Gengans und Tschuldigens jetzt zuhören, desto besser: Die Wiener *Melange* macht uns Sorgen. Sie ist plötzlich so anders.

Bestellen wir einen *Großen Braunen*, so hätten wir gern einen recht großen, kräftigen Kaffee, der uns das Herzerl ordentlich zum Pumpern bringt. Bestellen wir einen *Kleinen Braunen* ... ja, das klappt meistens ganz gut.

Bestellen wir eine *Melange*, so wollen wir a) einen schwachen *Großen Braunen*, b) einen etwa gleich starken milchbetonten *Verlängerten* auf Kosten des Wassers, c) einen schaumgebremsten *Cappuccino* mit fünf Schluck mehr Kaffee.

Bestellen wir eine *Melange*, so hätten wir gern eine *Melange*. Ehrlich, und zwar eine echte: eine weißmützige in feinem Hause; eine braunhaubige in der guten Stambula-Stube, wo der Flipper blinkt, der »Einarmige« winkt und die Stimme der Wirtin nach drei Packerln *Jonny* pro Sperrstund klingt.

Bestellen wir eine *Melange*, so wollen wir keine *Melange mit Schlagobers*. Ehrlich nicht! (Auch nicht mit Sahne.) Denn wollten wir eine *Melange mit Schlagobers*, so bestellten wir eine *Melange mit Schlagobers*. Das würden wir schaffen. Ehrlich.

Hamma an Fahrausweis?

Der Berufsstand des Wiener Fahrscheinkontrolleurs ist Veränderungen unterworfen. Früher wagten uniformierte Helden nach Matchschluss den Sprung in überfüllte Straßenbahnen, wo ihre traditionell schwarzen Kappen herumgereicht und schließlich beim Fenster hinausgeworfen wurden. Dazu die heiseren Sprechchöre: »Auße mit der schwoazen Sau!« Fahrscheine konnten nicht entdeckt werden.
Heute verstecken sich Kontrolleure in zivilen Gewändern, treten nur noch in Rudeln auf, vermehren sich, wo es warm ist (in U-Bahn-Schächten), und suchen bei ihren Razzien den natürlichen Zweikampf: auf jeden Fahrgast ein Kontrolleur.
Die Arbeit scheint lustvoller geworden zu sein. »Des gibt's net«, vermeinte Kontrolleur Franz jüngst in der U 3. »Karl, kum her, gib dir des!« Der Kollege betrachtete den Fahrgast: »Er scho wieda!« Ein studentischer Bursch mit runden Brillen läuft rot an. »Hamma diesmal an Fahrausweis?« Hamma net. »Des wievielte Mal ist des in dera Wochen?« – Das dritte Mal. Der Ertappte lächelt verlegen.
Kollege Franz: »Er ist unser bester Kunde.« Kollege Karl: »Er saniert die Verkehrsbetriebe im Alleingang.« Franz: »So was g'hört g'fördert.« Karl: »Morgen zur söben Zeit wieda?« Franz: »Wie wär's mit an Dauerauftrag bei der Bank?«

Frühlingsgefühl

Sollte der realsatirische Aprilscherz der sonst eher humorkargen heimischen Meteorologie anhalten, werden das heuer sonnige und warme Ostern.

Drei Stück Sonnenstrahlen in Serie – und die Österreicher sind wie verwandelt. Menschen, die man nie zuvor gesehen hat, schieben bei der Begegnung auf offener Straße ein Achtel ihrer Oberlippe zehn Mikrometer Richtung Nase und lassen dabei einen Quadratmillimeter ihres rechten Schneidezahnes aufblitzen. – Eine eindrucksvolle Geste der überschwänglichen Freude und solaren Verbundenheit.

Gute Laune ist nämlich hochgradig schönwetterbedingt. Man darf das aber nicht überbewerten. Denn nichts ist unerträglicher, als wenn man im Land des ewigen Hoffens auf ein Ende der grauen Jahreszeit unvermutet zu schwitzen beginnt, weil es plötzlich viel heißer ist, als man sich vorstellen konnte, dass es angenehm wäre, als einem chronisch kalt war.

Ja, der Österreicher kann verdammt gut aufgelegt sein – bei 17,8 Grad in ungetrübter Sonne und bei 73,4 Prozent Luftfeuchtigkeit, sofern sich der Wind mit 9,3 km/h aus südsüdöstlicher Richtung auf die Uferwiese jenes Sees legt, an der der Freizeitprofi gerade in seine Schnitzelsemmel beißt. Sonst ist er mürrisch.

Zwischensaison

Österreichs Tourismus befindet sich in abwartender Position. Zum einen wartet man darauf, dass die Wintersaison zu Ende geht, zum anderen, dass die Sommersaison beginnt. Feriengäste sind herzlich eingeladen – mitzuwarten.
Leserin Ruth war versehentlich auf Kurzurlaub im Salzkammergut, einem Epizentrum der Zwischensaison: Geöffnet hatten all jene Lokale, durch deren Räume Ö 3, der O-Ton der Nation, plärrte. Das Personal befand sich auf Fortbildungsseminaren. Schräg über jedem zweiten Tisch hing ein Lehrling und stemmte Mauerwerk für neue Leitungen. Die Chefs schreckten auf, wenn Gäste bis in die Gasträume vordrangen. Als Alternative zur »roten Karte« warteten vier von sieben Wirten mit der so genannten »kleinen Karte«, dem zwischensaisonalen Notprogramm, auf. (Gulasch, Frankfurter, Hawaii-Toast.) Der Zwischensaisonhöhepunkt war für Ruths Familie in einer »A-Schnitzel-kann-i-Eana-mach'n«-Wirtsstube bei Gmunden erreicht. »Zwei Wiener, zwei Natur«, bat Ruth. »Geht net«, erwiderte der Wirt, »entweder alle auße'backen oder kann's. I hab nämlich derzeit ka Kuchl.« – Restaurant ohne Küche? Eher unüblich, sogar in der Zwischensaison.

Toast Hawaii

Kürzlich ist hier das Stichwort *Hawaii-Toast* gefallen. Dabei handelt es sich um ein renommiertes austroexotisches Kulinarium, um einen dieser Leckerbissen, derentwegen Tausende Nordeuropäer weder Inntal noch Autobahn noch (andere) Sanktionen scheuen, um bei uns zu sein, egal ob winterfest oder sommerfrisch.
Der original alpenvorländische Hawaii-Toast, in dessen Form die Südsee an den entlegensten Frachtenbahnhofskantinen anklopft, beinhaltet ein mit Schmelzkäse überzogenes, von einem zartrosa schwitzenden Saunaschinkenblättchen umsäumtes, mit rindsleberrotbraunem Ketchup beträufeltes Ananas-Ringsegment. Eines, wie sie zu Dutzenden in Konservendosen gehalten werden, um den Klimaschock zu überstehen.
In besseren Lokalen wird der Hawaii-Toast diagonal zweigeteilt. Aus den beiden gleichschenkeligen Toastdreiecken ragt dann je ein schmales, oftmals eine kastanienbraune Partykirsche aufspießendes Plastikgestänge, an dessen Spitze das Fähnchen rot-weiß-rot weht. Solange es nicht auf Halbmast gesetzt ist, muss man sich um die heimische Gastronomie trotz der neuen Steuern keine Sorgen machen.

Zigeunerspieß

Die Ausführungen zum *Hawaii-Toast* haben einige Leser beflügelt, Österreichs Speisekarten anzudiskutieren. Dafür scheint die Karwoche wie geschaffen.

International einzigartig: die Hartgesottenheit der Austro-Küche, das unerbittliche Festhalten an der kulinarischen Tradition – in einer Zeit, in der Werte immer weniger zählen, überhaupt Fettwerte.

So können wir stolz sein, auch noch 82 Jahre nach Ende der Monarchie in acht von zehn Beiseln die *Gulaschsuppe* in Empfang nehmen zu dürfen. Der zweite Dauer-Einbrenner, die *serbische Bohnensuppe*, steht derzeit leider im politischen Abseits. Als maritime Delikatesse hat der *Thunfischcocktail* die Herzkammern der Konsumenten erobert. Auch der *gebackene Emmentaler* ist als Appetithäppchen unverzichtbar. Bei den Hauptspeisen führt kaum ein Weg am Schwein vorbei. Wer strenge Diät halten muss, kann auf *Scholle gebacken* ausweichen.

Den untrüglichen Beweis, dass in Österreichs Küchen seit der Nachkriegszeit alles beim Alten geblieben ist, erbringt – der *Zigeunerspieß*. Wer ihn auf der Karte hat, verrät, dass er nichts zu bieten hat. Wer ihn bestellt, gesteht, dass er nichts gefunden hat.

Gesang mit Zunge

Wer MTV kennt, weiß, wie schön Menschen sein können, wenn sie sollen. Wer sich nach einstündigem Konsum von Videoclips noch in den Spiegel schauen kann, schreckt offenbar vor nichts zurück. Natürlich, die im Fernsehen sind geschmückt wie Würzburger Weihnachtsbäume. Privat und unausgeschlafen wären sie sicher nur noch doppelt so schön wie man selbst.

Es ist ja so, dass die Akustik bei den Hits der Charts der Stunde kaum noch eine Rolle spielt. Wem die Musik nicht gefällt, der kann den Ton ruhig abdrehen und kommt trotzdem voll auf seine Rechnung. (Wer Pech hat, erwischt Elton John.)

Es ist ferner so, dass man den Danceflooristen ungeniert dabei zusehen kann, wie sie alles dafür geben, einen Hit zu landen. Neunzig Prozent davon sind Mädels. Alle schauen gleich aus. (Vermutlich alles Töchter von Whitney Houston.) Alle wirken sexuell schrecklich ausgehungert. Alle schnappen unentwegt nach der Kamera, als wäre sie, äh, sagen wir Schokoeis.

Es ist darüber hinaus so, dass diese jungen Gesangskünstlerinnen heute quasi nur noch mit einer den Zähnen breitflächig vorgelagerten, also ständig sichtbaren Zunge operieren. Ohne Ton klingt dies zwar nach »Bäh« und »Ätsch«. Aber es muss sich sensationell gut verkaufen.

Rückkehrdepression

Wenn man fünf Wochen im Ausland war und man kommt nach Österreich zurück, hat man das Gefühl, man kommt zu früh. Denn es ist noch nichts passiert.
Jedenfalls findet man die Dinge so vor, wie sie waren, als man sie verlassen hat (sieht man vom Tauerntunnel ab). Und man erinnert sich, dass man sie deshalb verlassen hatte, weil sie so waren, wie man sie jetzt vorfindet. Das tut weh. Der pathologische Terminus hieße »Urlauberrückkehrdepression«. Doch diese schwere Krankheit wird nicht ernst genommen. Im Gegenteil: Rückkehrurlauber erfahren soziale Ächtung und werden psychisch gequält. Man beneidet sie um das schamlose Glück eines Zustands, der soeben schmerzvoll zu Ende gegangen ist. Man überhäuft sie mit versteckten Vorwürfen wie: »Gut schaust aus!«, »Hast es dir gut gehen lassen!« oder: »So viel Urlaub möchte ich auch einmal haben!« Strafweise fordert man sie auf, Details von der Reise zu erzählen. Wehe, das kommt nicht euphorisch rüber! Dann gelten sie auch noch als Urlaubsversager.
Und in subtilen Formulierungen wie: »Jedenfalls freuen wir uns, dass du dich gut erholt hast!«, schwört man ihnen bereits bittere Rache. Es bedeutet: »Jetzt sollst du schuften wie ein Viech!«

Wirtskonjunktiv (I)

Heute ein hochsommerliches Kapitel zur österreichischen Sprache: der gastronomische Konjunktiv. Er soll Urlaubern zweierlei verdeutlichen: Erstens ist nicht alles selbstverständlich, was geboten wird. Zweitens wird nicht alles geboten, was selbstverständlich ist.

Weltweit bedienen sich Wirten bei ihrer Begegnung mit Gästen, die zur Bestellung bereit sind, des Indikativs und fragen: »Was wünschen Sie bitte?« (Haben Sie schon etwas ausgesucht? Was dürfen wir bringen?) In Österreich heißt es besser und öfter und überzeugender: »Was hätten S' denn wollen?«

Im gastronomischen Konjunktiv steckt entweder Absage oder Gönnertum. Ein kluger Gast könnte die Fortsetzung erahnen: »Was hätten S' denn wollen, wenn ich Ihnen nicht gleich darauf gesagt hätte, dass das heute leider nicht mehr geht, weil es nämlich aus(gegangen) ist?« – Das wäre der verneinende gastronomische Konjunktiv.

In den meisten Fällen handelt es sich um den harmloseren bejahenden. Er bedeutet: »Was hätten S' denn wollen, wenn ich Ihnen nicht gleich darauf zu verstehen gegeben hätte, dass das nicht so einfach geht, wie Sie vielleicht glauben; ich hab nämlich auch anderes zu tun; aber wenn es unbedingt sein muss, dann soll es halt sein; also, was wollen Sie?«

Wirtskonjunktiv (II)

Urlauber Michael ist vergangenen Donnerstag in Altaussee auf den zweiten gastronomischen Konjunktiv gestoßen. (Der erste lautet, wie hier erörtert: »Was hätten S' denn wollen?« Damit zeigen unsere Wirten bestellungsübermütigen Gästen ihre natürlichen Grenzen auf.)
Michael befand sich in einem Seeterrassen-Café-Restaurant. See, Café und Restaurant hatte er bereits gefunden. »Aber wo geht's zur Terrasse?«, fragte er den Kellner. – Und der verwendete ihn nun, den zweiten gastronomischen Konjunktiv. »Da dürft's da runter gehen«, sagte er. »Was heißt ›dürft's‹? Geht's da runter oder nicht?«, bohrte Konjunktivkiller Michael nach. Darauf erwiderte der Kellner: »Na ja, wenn S' unbedingt da unten sitzen wollen …« (Dann ginge es da runter, hat er gemeint.) »Wenn Ihnen nicht zu kalt ist …« (Dann ebenfalls.)
Michael erkannte sofort die der Wirtsheimat innewohnende Gefahr und fragte: »Und werden wir da unten auch bedient?« – »Was ist das für eine Frage?«, fragte der Kellner, um Zeit zu gewinnen. »Natürlich werden Sie bedient.« Und wie ungern auch noch! – Egal. Die Geschichte ging gut aus. Auf der Terrasse angelangt, durfte Michael mitteilen, was er denn gewollt hätte. Und er bekam es sogar.

Wirtskonjunktiv (III)

Urlauberin Agnes, der wir den dritten Teil dieser Sommerserie verdanken, glaubt die Konjunktivküche der heimischen Gastronomie entdeckt zu haben: Fuschl am gleichnamigen See.

»Gibt's noch einen Platz für vier?«, fragte sie um sieben eine ausgelaugte Kellnerin. – »Da müssten S' warten oder später wiederkommen«, sprach die Frau. – »Wir werden später wiederkommen«, entschied Agnes. »Um acht Uhr herum?« – »Da könnten S' ein Glück haben«, meinte die Servierkraft.

»Glück« im gastronomischen Konjunktiv des Salzkammerguts war Agnes zu riskant. Sie wollte lieber gleich reservieren. »Da müsst ich den Chef fragen«, entgegnete die Kellnerin. – »Dann tun Sie's bitte!«, schlug Agnes vor.

»Der wär aber momentan nicht da«, erwiderte die Wirtsfrau. »Soll ich ihn suchen?«, fragte Agnes. »Den würden S' net finden«, meinte die Kellnerin und lächelte gequält. Genug! Agnes wandte sich dem Ausgang zu.

»Wenn S' erst um neun kommen würden, wär sicher was frei«, rief ihr die Kellnerin nach. – »Danke«, erwiderte Agnes. – »Aber viel nach neun sollten S' auch nicht kommen«, schloss die Servierkraft, »um halb zehn ist Küchenschluss.«

Wirtskonjunktiv (IV)

Manche Leser behaupten, Österreichs Tourismus sei charmanter, als wir hier tun. Wir sollen endlich aufhören, Wirte wörtlicher zu nehmen, als sie es meinen, wenn sie sagen, dass etwas »aus« ist oder dass zugesperrt wird oder dass erst gar nicht aufgesperrt wird.
»Wer einmal in der Gastronomie gearbeitet hat, weiß, wie lästig Gäste sein können«, schreibt uns Leserin Doris. Glauben wir aufs Wort. Müssen wir gar nicht dort arbeiten. Sind wir ja selber lästige Gäste. Glauben wir doch stur, wir hätten ein Recht darauf zu kriegen, was im Preis inbegriffen ist.
Leserin Christiane etwa wollte sich in ihrem Zimmer eines Kärntner Bauernhofes die Haare föhnen. – Wollte. »Warum ging das nicht?«, fragte sie später die Bäuerin. »Ah, hätten S' an Strom 'braucht?«, erwiderte die Landwirtin.
Versteht es nicht als Kritik, liebe Wirtsleute! Uns gefallen euer »konjunktivus irrealis«, euer rauer Ton, das hohe Kinn, das Geizen mit Reizen, die angeborene Verweigerung auf den Lippen, der jedem-Wunsch-einen-Riegel-vorschiebende Blick, der Gnadenakt der Zimmervergabe, die militärischen Frühstückszeiten, die mangelnde Panierfreudigkeit nach 21 Uhr.
Aber könntet ihr nicht einmal über euren Schatten springen und uns ein bisschen verwöhnen?

Gescheiert

Einige Leser haben sich über eine unserer Titelzeilen gewundert. Dort hieß es: »EU-Kommission gescheiert.«
Manche glaubten, es sei uns schlicht ein orthographischer Fehler passiert. Sie meinen, das Wort hätte »gescheitert« heißen sollen und derjenige, der es eingetippt hat, habe zu zart auf die T-Taste gedrückt (oder sei mit schwitzender Fingerkuppe darüber gerutscht). Und diejenigen, die ihren prüfenden Blick über den Titel geworfen haben, seien wohl zu sehr im Banne der EU-Botschaft gestanden, sodass ihnen das T gar nicht abgegangen sei.
Aber glauben Sie im Ernst, wir segnen die schwierige »Kommission« völlig korrekt mit zwei m und zwei s ab, um an einer gemähten Wiese wie »gescheitert« zu scheitern?
Nein, nein: »gescheiert« war reine Absicht! Uns fiel für die bittere Kunde kein kraftvollerer Ausdruck ein. Da steckt »schei« drin, dieser vornehm zurückhaltende Aufschrei der Erbärmlichkeit. Da lehnt sich der Germanismus »bescheuert« hinein, dieses untrügliche Zeichen, dass Deutschland eine Rolle spielt. Und wenn sich die komplette Führung verabschiedet, was, wenn nicht »gescheiert«, zeigt auf, wie sehr die europäische Gescheitheit eiert?

Schatten voraus

Können Ihnen Sätze beim Lesen wehtun? Und was schmerzt Sie am meisten? Sachliche Unwahrheit? Formale Ungereimtheit? Stilistische Unreinheit?
Nun, alles schlimm genug. Aber was halten Sie etwa von folgendem Satz: »Die Sonnenfinsternis wirft ihren Schatten voraus.« Klingt eher harmlos, nicht wahr? Wollen Sie unsere Meinung hören? – Fürchterlich! Schlimmer geht's nicht mehr.
Schon das Wort »Sonnenfinsternis« nähert sich durch multimedial organisierte Ausreizung dem Rande der Unerträglichkeit. Nun ist einmal vor vielen, vielen Wochen, als der Countdown begann, ein durchschnittlich intelligentes Sprachhirn über den Kontrast Sonne/Schatten gestolpert – und hat sich entsonnen, dass das Zweite dank einer hässlichen Floskel vorausgeworfen werden kann. Völlig egal war diesem Hirn der Umstand, dass eine Finsternis nie und nimmer Schatten zusammenbringen würde, schon gar nicht einen, der sich im Voraus werfen ließe.
Egal: Der Satz ist erschienen. Nicht mehr egal: Alle verwenden ihn. Täglich liest man ihn. Es gibt kein Entkommen mehr. Die Sonnenfinsternis wirft unbarmherzig ihren Schatten voraus. Und die Brille, die dagegen schützt, ist noch nicht erfunden.

Schatten davor

Übermorgen ist S… (Verzeihung, aber das Wort reißt uns ohnehin schon stündlich aus dem wegen zu großer Aufregung herbeigeführten künstlichen Tiefschlaf.) Was für das Spektakel menschenmöglich war, wurde von Menschen möglichst bereits gemacht. Nur im Tierreich trifft man noch letzte hektische Vorbereitungen:

Die burgenländischen Glühwürmchen planen eine Lichterkette rund um den Neusiedler See. Die Feuersalamander der Gemeinde Hartberg wollen mit einem Fackelzug auf die schlechten Lichtverhältnisse im Wechselgebiet aufmerksam machen. Die Salzburger Loden-Motten planen einen einstündigen Warnstreik in allen Trachtengeschäften des Landes.

Die St. Pöltner Küchenschaben basteln an einer Dunkelkammer für Kammerjäger. Die Leuchtkäfer des Hochschwabgebiets werden in der düsteren Stunde neben der Wallfahrtskirche Mariazell eine Marienerscheinung vortäuschen. Die Mühlviertler Goderl-Gelsen sammeln letzte Blutkonserven für den Saisonhöhepunkt. (Nie wieder werden die Kinn- und Halspassagen der Einwohner so viele Einstichmöglichkeiten bieten.)

Noch immer nicht genug von der geplanten Sonnenfinsternis? Dann lesen Sie ungehemmt weiter.

Schatten danach

Vorsicht! Die Sonnenfinsternis wirft ihren Schatten hinten nach. *News* ist zwar schon erschienen, aber es folgen bestimmt noch einige Magazine, die den Lesern: »So finster war die Sofi wirklich«, schuldig geblieben zu sein glauben.
Auch wir haben das Spektakel gewürdigt und ausführlich darüber berichtet. Das war notwendig. Denn sollte »Schauen, Staunen und Raunen« einmal eine olympische Disziplin werden, geht Österreich nach der vorgestrigen Vorstellung als Favorit ins Rennen.
Doch langsam sollten wir ans Sofi-Abschiednehmen denken. (Sonst versäumen wir noch den Countdown für Silvester 2000.) Und da ist es erst einmal dringend notwendig, mit der Sonnenfinsternis-Sprache aufzuräumen. Hierzu schlagen wir drei Kategorien von Verboten vor:
1. Bis auf weiteres nur noch in Notfällen zu verwenden: lichte Momente; schwarz sehen; helle Freude; dunkle Geschäfte; düstere Zeiten; finstere Machenschaften.
2. Bis ins Jahr 2081 (nächste Sofi) nicht mehr zu verwenden: Licht unter den Scheffel stellen; wo viel Licht ist, ist viel Schatten; trübe Aussichten; strahlende Laune; hinter dem Mond leben; Schattendasein fristen.
3. Streng verboten: Jahrhundertevent; gnädiger Wettergott; goldene Sichel; schwarze Sonne und: Himmelsschauspiel. – Denn dieses Schauspiel war absolut irdisch.

Pensionsschock

Das Gute an der Halbpension ist jene Hälfte, die man sich spart (Mittagessen.) Bleibt immer noch die andere Hälfte. Haben Sie als freier Abendgast in einer Wirtsstube schon einmal diese bemitleidenswerten touristischen Geschöpfe namens »Pensionsgäste« beobachtet? Wie sie sich auf leisen Sohlen ihrer Heimschuhe von den Zimmern herunterlassen. Wie schon ihre Kleidung verrät, dass sie heute keinen Ausgang mehr haben werden. Wie sie verloren im großen Gastraum herumstehen und ihre Zimmerschlüssel schwenken, bis sie erkannt und in den kleinen Speisesaal abgeführt werden. Dort sitzen (noch immer?) die Nachbarn vom Frühstücksbuffet und ziehen, solidarisch im Pech vereint, ihre Mundwinkel hoch.

Speisekarte? – Brauchen sie nicht. Pensionsgäste sind vom Studieren befreit. Für sie gibt es Menü eins oder zwei. Wehmütig schielen sie zum Restaurant hinüber, wo die Herrschaften à la carte verwöhnt werden. Sie selbst werden flächendeckend mit Suppe erstversorgt. Danach kommt Fleisch mit Beilage oder (für Vegetarier) Beilage. Die Portionen sind vernünftig klein, sodass auch der Vanilleeiswürfel noch Platz hat. Das Erfreuliche: Getränke sind extra. Oft geht sich sogar noch ein Fluchtachterl aus. Aber dann marsch, marsch aufs Zimmer! Es muss fürs Frühstück aufgedeckt werden.

Laufarbeit (I)

Woran erkennt man, dass man nicht mehr so jung ist wie früher? Wir haben die Frage hier schon einmal gestellt. Nun gibt es neue Erkenntnisse.

Nicht mehr jung ist man, wenn man dreimal täglich: »Du solltest langsam etwas für deinen Körper tun«, hört. Noch weniger jung ist man, wenn man dreimal täglich: »Ich sollte langsam etwas für meinen Körper tun«, sagt. Schon recht deutlich alt ist man, wenn man (dreimal täglich) »langsam« durch »dringend« ersetzt und damit den Hausarzt zitiert.

Jung ist man, wenn man sich in seiner Freizeit gern im Wiener Prater aufhält. Nicht mehr jung ist man, wenn man in der Prater Hauptallee bereits von mehr Menschen begrüßt wird als im Schweizerhaus. Gar nicht mehr jung ist man, wenn man nicht mehr zurückgrüßt, um Kraft für die letzten Kilometer zu sparen.

Ganz und gar nicht mehr jung ist man, wenn man in der Prater Hauptallee auf die Uhr schaut und sie zeigt 150 Schläge pro Minute (weil sie nicht die Zeit, sondern den Puls misst). Aber so wirklich alt ist man erst, wenn man sich von eiserner Disziplin in Laufschuhen durch die Landschaft treiben lässt und auf die Frage, in welch seltsam verbissener Phase man sich gerade befindet, antwortet: in der Fettverbrennungsphase.

Laufarbeit (II)

Laufen ist nicht nur eine Alterserscheinung (wie hier vor kurzem angedeutet wurde). Laufen ist Österreichs neue Extremsportart. – Extremer langweilig kann eine Sportart nicht mehr sein. Aber bitte.

Tatsächlich sind Freunde und Kollegen, mit denen man früher in der Freizeit bequem auf ein Bier gehen konnte, heute praktisch unansprechbar. Sie laufen einem mitten im Satz auf und davon. Die meisten trainieren für den nächstbesten Marathon. Manche wollen sich auch nur das Abendessen oder Frühstück verdienen. (Mittagessen wird ausgelassen.)

Das Zauberwort heißt »aerobe Phase«. Sie stellt sich ein, wenn man länger läuft, als es einem keinen Spaß macht. Mitbürger, die »aerob« unterwegs waren, erzählen erstaunliche Dinge übersinnlichen Glücks. Sie wollen uns Laufen als gesunde Variante eines LSD-Trips verkaufen. Ihr Suchtmittel ist Sauerstoff. – Dann sage noch einer, die westliche Welt werde nicht enthaltsamer.

Wir Laufskeptiker halten die »aerobe Phase« natürlich für den Schwindel der Stunde. Wir vermuten: Die Leute schalten beim Laufen das Hirn aus und vergessen daher stehen zu bleiben. Und nachher feiern sie ihre müden Knochen.

Laufarbeit (III)

Läuferin Alexandra N. hat sich per E-Mail über »Laufarbeit I« geärgert. Sie meint, es sei »wieder typisch«, dass etwas »heruntergemacht« wird, wovon »die Autorin keine Ahnung« hat. (Autor, egal.) »Denn wer nicht läuft, kennt das Feeling nicht.« Sie spielt auf die rezeptfreie Sportfuzzi-Designer-Ersatzdroge »aerobe Phase« an, angeblich das höchste der Gefühle, das man derzeit in Österreich erreichen kann.

So, jetzt muss ich es leider zugeben. Ich war unlängst! (Laufen.) Warum? – Erstens traktierten mich meine inneren Stimmen mit liturgischen »Du-solltest-etwas-für-deinen-Körper-tun«-Gesängen. Zweitens wollte ich glücklich sein, wollte mich auch einmal »aerob« fühlen. Ich wählte Schönbrunn und beschloss, so lange zu laufen, bis es mit mir passierte. Konkret: vom Westeingang in Hietzing bis zur Meierei auf der Ostseite. (Auf halber Strecke nickten Japaner.) Das Ganze zurück. (Die Japaner erkannten mich und lächelten.) Noch einmal hin. (Sie lachten.) Und noch einmal zurück. (Sie grinsten.) Und noch einmal hin. (Sie applaudierten.) Und noch einmal zurück. (Sie fotografierten.) Nach einer Stunde lief ich heim, bahrte mich auf und zählte die Knochen, die ich nicht spürte. (Vier Stück.) Wenn das »aerob« war, bevorzuge ich mein schlechtes Gefühl der Verweigerung.

Erschütternd

Unlängst hat mir Leserin Z. unter dem Betreff »Erschütternde Tatsachen« eine E-Mail mit der brutalen Fragestellung »Fühlen Sie sich alt?« zukommen lassen. Ich fühle mich – nicht angesprochen und gebe den Inhalt kommentarlos an Sie weiter:
Menschen, die heuer gleich nach der Schule mit dem Studium beginnen, wurden 1982 geboren. Für die neuen Erstsemestrigen hat es das HI-Virus immer schon gegeben. Als die Hainburger Au besetzt wurde, waren sie zwei. Als sich DDR und BRD zu Deutschland vereinigten, gingen sie in die Volksschule. Eine Eishockeymannschaft namens UdSSR ist ihnen kein Begriff. Für sie waren Kiwis in den Obstregalen stets so selbstverständlich wie Äpfel, und Nektarinen wie Pfirsiche.
Der Ausdruck »zerkratzte Schallplatte« hat für sie keine Bedeutung, LP sagt ihnen nichts, »Singles« können nicht ausgekoppelt, sondern höchstens verkuppelt werden. Die ersten CDs wurden ein Jahr vor ihrer Geburt verkauft, der Walkman in ihrem Geburtsjahr erfunden. Videogeräte hat es immer schon gegeben. Michael Jacksons Hautfarbe war immer schon weiß.
Und diese jungen Leute sind heuer wahlberechtigt. Also: Fühlen Sie sich alt?

Männerarbeit (I)

Brigitte und *Freundin* irren nicht. Männer sind zerbrechlicher geworden. Wo es die intakte heterosexuelle Beziehung mit gut funktionierendem gemeinsamem Haushalt gibt (das waren jetzt fünf schwere Liebestöter in einem Halbsatz), dort leitet und lenkt die Frau. Früher hat er mit der linken Hand Mauerwerk gestemmt und mit der rechten den Durchlauferhitzer ausgewechselt. Schwerarbeit für sie bestand einzig und allein darin, ihn danach unter die Dusche zu kriegen.

Heute kann er, sofern er daheim nicht vollständig vom Turnen befreit ist, nur noch für leichte Tätigkeiten im Küchen-, Sanitär- und Gartenbereich herangezogen werden. Trennkost, Ozon, Rapid, Dow Jones und Penisängste (Ängste, diesen unter dem Kugelbauch nicht mehr zu entdecken) haben aus ihm ein Weichei gemacht, das viel Zeit braucht, in sich selbst hineinzuhorchen, ohne einer körperlichen Belastung ausgesetzt zu sein.

Während er also horcht, schupft sie den Haushalt, schleppt Mineralwasserkisten, repariert den Staubsauger, kocht Degustationsmenüs und führt beim Rasenmäher den Ölwechsel durch. *Welche Handgriffe für ihn übrig bleiben:* demnächst hier.

Männerarbeit (II)

Männer sind zerbrechlich geworden. Das haben wir hier behauptet. In der Zwischenzeit scheint keine Verbesserung eingetreten zu sein.
Die Frau bestimmt, organisiert und bestreitet den gemeinsamen Haushalt. Der Mann horcht inzwischen in sich hinein. Führt dies zum Single-Dasein (zurück), bügelt wieder die Mama. Hält die Lebensgefährtin an ihm fest, fallen doch einige klassische Männerarbeiten an:
Küche: Fruchtjoghurtbecher in den Kühlschrank schlichten; Einkaufssäcke zusammenfalten und in den Kasten legen; Vogerlsalat putzen. (Einer der härtesten Männerjobs, dabei darf er keine Krise haben.)
Bad und WC: Seifenschüssel auswaschen; verstreute Wattestäbchen in die Schachtel räumen; WC-Duft-Ente in der Klomuschel ausführen.
Schlafzimmer: Leintuchfalten glätten. Fernbedienung suchen. Socken unter dem Bett hervorholen und zur Schmutzwäsche tragen.
Garten: Grill aufstellen; Grillkohle aufschütten und anzünden; Grillglut erzeugen; Grillwürste auflegen und wenden. Grillschweiß von der Stirn wischen.
Will sie den gemeinsamen Haushalt auflösen, dann lässt sie ihn nachher den Grillrost putzen.

Männerarbeit (III)

Der Mann ist für Hausarbeit nicht geeignet. Sie macht ihm einfach keinen Spaß. Okay, der Frau macht Hausarbeit angeblich ebenfalls keinen Spaß. Aber der Mann war der Erste.
Nun passiert es mitunter, dass ihm die Ideen ausgehen, »leider etwas anderes zu tun« zu haben (als zuzusehen, wie ihr die Hausarbeit gerade wieder keinen Spaß macht). Er sollte also – sprechen wir's brutal aus – nicht blöd herumstehen, sondern anpacken. »Du siehst doch, dass die Wäsche aufgehängt gehört.« – Um ein Beispiel zu nennen. »Wie soll ich das sehen?« – Um das Beispiel zu beantworten. (Er sieht höchstens, wie es ihr gerade keinen Spaß macht, die Wäsche selbst aufzuhängen. Und dieser Anblick ist auch nicht gerade angenehm.)
Die Herausforderung für ihn besteht darin, eine Situation herbeizuführen, in der es ihr keinen Spaß mehr macht, ihn zu animieren, etwas zu sehen, was er nicht sehen kann. Er erreicht sein Ziel mit verharrender Tätigkeit im Vorfeld der Hausarbeit. Zum Beispiel: Sicherungskasten ausleuchten, während sie die Lampe montiert. Oder: Gebrauchshinweis für Bodenreinigungsmittel studieren, während sie den Boden reinigt.

Männerarbeit (IV)

Er ist für Hausarbeit nicht geeignet. Er tritt durch passiven Widerstand auch täglich den Beweis an. Dabei *will* er ja, glaubt Leserin Ursula. Ihr Freund bietet sich sogar von selbst an. Zum Beispiel fragt er: »Soll ich dich beim Staubsaugen ablösen?« Sie antwortet: »Danke, ich bin schon fertig.« Er: »Dann das nächste Mal.«
Er würde an sich auch den Geschirrspüler ein-, äh, ausräumen. Er ergreift bereits den ersten Teller und fragt: »Wo gehört das hin?« Sie: »Oben links, zu den anderen Tellern.« Er: »Wo?« Sie: »Ins Fach.« Er: »Da sind viele Fächer.« Sie: »Dort wo die Teller sind.« Er: »Da sind nirgendwo Teller.« Sie: »Wahrscheinlich sind alle im Geschirrspüler.« Er: »Was soll ich jetzt mit dem Teller tun?« Sie: »Gib her, ich mach's schon.«
Weitere Hintergrundfragen, mit denen er sich gern aus dem Hausarbeitsprozess ausgliedert: Wie viel ist ein Messbecher? Wieso ist das Bügeleisen kalt? (Nachfrage: Wieso zischt es jetzt?) Hast du die Schuhpasta gesehen? (Hast du keine gekauft?) Gehören die Zahnbürsten nicht einmal ausgewechselt? Wie legt man das zusammen? Glaubst du, sind die Kartoffeln schon?

Männerarbeit (Fazit)

1. Immer mehr Frauen drängen in Spitzenpositionen. Immer mehr Männer drängen sie zurück. Das erfordert Kraft. Kraft, liebe Frauen, die den Männern daheim, bei der so genannten Hausarbeit, fehlt.

2. Was können bitte schön die Männer dafür, dass das gemeinsame Hausarbeitsprojekt »Räum wenigstens deine Sachen weg, damit ich putzen kann« mit fast schon gespenstischer Sicherheit mit dem Abschlusstraining für den Großen Preis von Imola, wenn nicht sogar Monaco zusammenfällt?

3. Leserin S. kriegt ohnehin, was sie will. Sie wollte einen sanften, gefühlvollen Mann. Sie hat ihn. Sie wollte einen neuen Kleiderschrank. Sie hat ihn. Sie wollte, dass der sanfte, gefühlvolle Mann hilft, den Kleiderschrank zusammenzubauen. Sie hat ihn (so weit gebracht). Er soll die Schrauben reichen (es sind leichte Schrauben, er würde sich keinen Bruch heben), sie schraubt sie hinein. Er: »Das sind gar keine Schrauben. Die haben keinen Schlitz. Die kann man gar nicht hineinschrauben. Die von Ikea sind a bisserl deppert.« Sie: »Das sind Plastikdübel, du Dillo. Gib her!« – Er darf zu seinem Computer gehen und Karriere machen.

Der zweite Mann (VI)

Erinnern Sie sich noch an die Theorie von der linearen Duplizität irdischer Abläufe? Sie besagt: Jeder von uns hat einen Zweiten, der mit ihm im gleichen Rhythmus lebt. Die meisten lernen ihren »Partner« nie kennen (weil er zum Beispiel Chinese ist). Ich habe Pech. Meiner wohnt in Wien-Penzing. Wir hatten die gleichen Wege, benutzten dieselben U-Bahnen, wir konnten einander nicht verfehlen. Wir litten darunter, denn wir waren einander nicht sympathisch und taten deshalb so, als würden wir uns nicht kennen, was uns viel Kraft kostete, weil wir es beinahe täglich tun mussten.
Nun, ein gutes halbes Jahr kam es zu keiner Begegnung. (Es war ein sehr gutes halbes Jahr.) Und ich zweifelte bereits an meiner Theorie. Dienstagfrüh geschah etwas Folgenschweres: Touristen hielten mir eine Wien-Karte vor die Nase und verlangten »Slosh Schönbroon«. Dabei gingen mir dreißig Sekunden verloren und eine U-Bahn fuhr mir davon. In der nächsten saß – mein zweiter Mann. Wir erschraken voreinander. Wir waren sechs Monate vermutlich nur durch eine U-Bahn voneinander getrennt gewesen.
Am Mittwoch versuchte ich, eine frühere U-Bahn zu erwischen. – Er auch.

Winterzeitkatalog

Am Sonntag endet die Sommerzeit. Jährlich erklären wir zweimal, was das bedeutet. Vergeblich. Deshalb heute Service pur: »Die Winterzeit: Was wirklich geschieht.« Ein praktischer Frage-Antwort-Katalog zum Aufheben, Ausschneiden und Aufkleben. (*News* wird uns darum beneiden!)
Ich stelle die Uhr um eine Stunde vor. – FALSCH.
Ich kann in der Früh eine Stunde länger schlafen. – RICHTIG.
Um in der Früh eine Stunde später aufzuwachen, hätte ich auch meinen Radiowecker neu einstellen müssen. – RICHTIG.
Ich bin am Abend eine Stunde früher müde. – WAHRSCHEINLICH.
Ich bin in der Früh eine Stunde früher munter. – UNWAHRSCHEINLICH.
Am Abend bleibt es eine Stunde weniger lang hell. – RICHTIG.
In der Früh wird es eine Stunde später finster. – FALSCH.
Mitternacht ist in Wirklichkeit bereits ein Uhr des nächsten Tages. – ANSICHTSSACHE.
Der Herbst wird durch die Umstellung um eine Stunde länger. – RICHTIG.
Ich sitze von nun an eine Stunde länger im Büro. – SELBER SCHULD.

November

Wenn die Tage kürzer werden als die Stunden, in denen sie nicht vergehen wollen; wenn Aufstehen und Heimkommen Akte der Finsternis sind; wenn der Nebel wie eine austrophobische Nierenbeckenentzündung auf die Gemüter drückt; wenn der Nieselregen in tiefen Lagen in gefrierende Mieselsucht übergeht und sich die Grautöne wie im Warschauer Pakt zum alten Ostblock zu bekennen scheinen; wenn sich Oberösterreichs Landeshauptmann offiziell von einer hundert Jahre alten Fichte mit achtzig Zentimeter Stammdurchmesser verabschiedet und sich Wiens Bürgermeister schon auf die Begrüßung derselben freuen darf; wenn sich die Bilder in den TV-Geräten von Rasengrün auf Pistenweiß verfärben; wenn Politik von Politologie abgelöst wird und nur noch unverwüstliche Haiderologen versuchen verständlich zu machen, was entweder klar ist oder falsch verstanden werden muss; wenn die Menschen nichts mehr hören können und nur noch das Notwendigste sagen; ja, wenn sich der November schön langsam auf seine wahren Stärken besinnt, aufs Stillschweigen, Verdunkeln und Erstarren …

… dann ist die Zeit reif für eine neue Runde von Sondierungsgesprächen.

Schnurlos in Seattle

Unser Leben wird von Geräuschen begleitet, an denen wir zugrunde gingen, würden sie nicht jeweils knapp davor verstummen.
Das war so mit den Kreiden auf den Tafeln und den Gabeln auf den Tellern und den Gummisohlen auf den Plastikböden und den Erdnusslocken in den Kinos und den Babys in den Warteräumen und den Hunden in den Warteräumen und den Hunden außerhalb der Warteräume und hatten wir schon die Babys?
Und es ist noch immer so. Unser sonst sehr sympathischer deutscher Praktikant Jörn etwa isst, wenn es im Büro still ist, Möhren. (Es sind Karotten.) Nun, er isst sie ganz normal. Aber die Möhren sind nicht gekocht. Und der Hineinbiss hört sich zum Tapsen der Computertasten etwa so an wie das Bersten einer Staumauer zum Fließen eines Flusses. Aber Jörn mag Möhren und sie sind ja auch gesund.
Das Geräusch, mit dem das Jahrtausend ausklingt, ist unerträglich. Wir werden es vernichten! Jüngst rief jemand, als es im Büro still sein musste, eine Stunde lang an. Beim fünften Versuch fanden wir das Handy. (Herrl war außer Haus.) Erst wollten wir es zertreten, dann hörten wir doch hinein: Es war ein gewisser Mike aus Seattle. Er hatte sich verwählt. Macht er das noch einmal, dann holen wir ihn uns!

Calling Japan

Nach Collies und Colgate Fluor (1970), Joan Collins (1980) und den Callboys (1990) boomen jetzt die Callcenter. Für Firmen, die Kunden wirklich gründlich pflegen wollen, sind sie unverzichtbar geworden. Auch die *Mobilkom* unterhält eines. Und die Unterhaltung setzt sich servicetelefonisch fort, versichert uns Leser Friedrich K.

Seine exotische Anfrage: »Kann man mit einem A1-Handy in Japan telefonieren?« Erste Antwort aus dem Callcenter: »Des waas i net.« Erster Servicetipp: »Aber nehmen S' das Handy einfach mit und probiern S' es aus.« Der Kunde reagiert pingelig: »Ich würde das aber schon ganz gerne vorher wissen.« – Er wird auf Warten gelegt.

Wenig später meldet sich die Stimme aus dem Callcenter mit einer schlechten Nachricht: »Also es geht doch net.« Daran knüpft sich ein zweiter Servicetipp: »Aber nehmen S' das Handy trotzdem mit.« Und es folgt ein profundes Erklärungsmodell: »Es kann nämlich sein, dass ein befreundetes Netz von einem Nachbarstaat reinstrahlt.« – »Das kann ich mir nicht vorstellen«, meint der Kunde. Und sein Misstrauen färbt auf das Callcenter ab. »Ah jo«, sagt die Stimme, »geht a net! I seh grad, Japan is a Insel.«

Noch elf Tage

Der Satz wird zwar durch Wiederholung nicht besser, aber: Wie berichtet, jährt sich demnächst ein Jahrtausend. Spüren Sie ein klimatisch begünstigtes Kitzeln im Hals? Dürfen wir Ihre Verlaufskurve vorwegnehmen?

20.12.: Leichtes Kratzen am linken Seitenstrang.

21.12.: Schwere Kratzer im Rachen. (Punschverätzung?)

22.12.: Brennender Kehlkopf. (Bei einem ehrlichen Chinesen »Ameisen am Baum« gegessen?)

23.12.: Heftiger Niesanfall im *Nordsee*. (Karpfenallergie?)

24.12.: Tränende Augen bei der Bescherung. (O-du-Fröhliche-Depression?)

25.12.: Schluckschmerzen beim Fest-Gans-Tags-Mahl. (Späte Ehrfurcht vor dem Geflügel?)

26.12.: Geruchssinn fällt aus. (Zu viel Fichte im Raum?)

27.12.: Geschmackssinn versagt. (Zu viel Vanille im Mund?)

28.12.: Ein Husten wie ein Felssturz.

29.12.: Schüttelfrost.

30.12.: Fieberanfälle.

31.12.: Voller Ausbruch der Krankheit. Schwerer grippaler Millenniumsinfarkt. Strengstes Ausgeh- und Feierverbot. Unbedingte Bettruhe bis tief ins Jahr 2000. – Gratulation, Sie haben's geschafft!

Noch sieben Tage

Erstens: Frohe Weihnachten. Verzeihung, wenn wir uns einmischen: Auf dem dritten Ast oben links hinten fehlt noch ein Strohengerl; die dritte Kerze von unten hängt schief und stellt in dieser Lage einen das geplante Unheil von Weitukei (Y2K) weit hinter sich lassenden Millenniumszimmerbrand in Aussicht.
Zweitens: Wie berichtet, jährt sich demnächst ein Jahrtausend. (Oder auch nicht, es gibt da nämlich eine interessante Diskussion darüber, ob das Jahr 2000 das letzte ...)
Millenniumsbilanzen sind praktisch alle bereits gezogen. Wer noch nicht zum größten Irgendwas 2000 gewählt wurde, hat jahrzehntelang alles falsch gemacht. Uns fehlen eigentlich nur noch dringend: »Die bedeutendsten Fragen des Jahrtausends«. Hier sind sie:
1. Wozu?
2. Wie geht's dir?
3. Wie viel Uhr ist es?
4. Bist' deppert?
5. Wie wird das Wetter am Wochenende?
6. (Aus dem Sport:) Wie steht's?
7. (Aus der Wirtschaft:) Was bringt's?
8. (Aus der Kultur:) Gibt's eine Pause?
9. (Aus dem Intimbereich, er:) Wie war ich?
10. (Aus dem Intimbereich, sie:) War's das?

Noch vier Tage

Wie Sie sicher manchmal das dringende Bedürfnis haben, etwas Kluges zu lesen, haben wir ab und zu das zwingende Verlangen, etwas Kluges zu schreiben. Zum Glück schließt das eine das andere nicht aus. (Okay, diese Erkenntnis war für uns beide deutlich unter den Erwartungen.)
Bekanntlich lauert uns das nächste Jahrtausend auf (beziehungsweise das Jahr davor).
Voll und unbeweglich wie uns das Weihnachtsfest zurücklässt, werden wir unfähig sein, den Millenniumskelch an uns vorübergehen zu lassen, ohne angeschüttet zu werden.
Also ziehen wir noch eine, nur noch die eine, diese abschließende Bilanz: »Die größten Weisheiten des Jahrtausends«. Oft verwendet, nie prämiert. Hier sind sie:

1. Morgen ist auch noch ein Tag.
2. Die Depperten haben's Glück.
3. Wie die Zeit vergeht!
4. Was du nicht sagst!
5. Geld ist nicht alles im Leben.
6. Wein nach Bier, das rat ich dir.
7. Vom Hudeln kommen die Kinder.
8. Männer sind Schweine.
9. Was's wiegt, das hat's.

Und vor allem:

10. Es kommt nie was Besseres nach.

Noch 363 Tage

Jetzt können wir es ja verraten: Der soeben vollzogene Jahreswechsel war nur die Generalprobe für das echte Millennium. Natürlich hatten jene kühlen Rechner Recht, die nicht müde wurden zu behaupten, dass das Jahr 2000 das letzte des zweiten und noch nicht das erste des dritten Jahrtausends sei. Den wahren Jahrtausendwechsel gibt es erst in zwölf Monaten.

Warum wir beim Schwindel mittaten? Nun, der Bundespräsident hat uns sehr freundlich gebeten, die Bürger mit dem Scheinmillennium von der betrüblichen Herumsondiererei abzulenken. (Nett, dass da auch das Ausland mitgespielt und mitgefeiert hat.) Zweitens wissen wir, dass Übungen am effektivsten sind, wenn sie realitätsnah durchgezogen werden. (Wie beim Bundesheer: Da hatte Österreich jahrzehntelang die Verteidigung gegen die UdSSR eingeübt; tatsächlich zerfiel diese von selbst.)

Drittens haben wir viel für den echten Jahrtausendwechsel gelernt: früher mit den Vorbereitungen beginnen. Jetzt schon erste Hamsterkäufe organisieren, Wasservorräte sichern, Bilanzkarteien anlegen …

So, und jetzt ist der Zeitpunkt gekommen, da wir uns vom Thema Millennium verabschieden. Wir danken für Ihre Geduld!

Jänner in Wien

Jetzt beginnt das neue Jahr. Jetzt erst recht. Die letzten der fetten Tage, die der TV-Vierteiler und der Heiligen-Drei-Schanzen-Tourneen, sind vorbei. Wir halten beim ersten Montag ohne tröstlichen Zusatz: »Die paar Tage noch«, ohne Aussicht auf ein hereinbrechendes Fest. Das nächste Wort der Genusssucht heißt »Fasching«. Wir werden noch darüber lachen können, so dreckig wird es uns gehen.

Auf dem Land ignoriert man den Jänner. Man wartet, bis er sich ausschneit. Die Menschen sind im Zuprosten erstarrt und tauen erst zu Ostern wieder auf.

In Wien glaubt man plötzlich, vom so genannten »Ernst des Lebens« heimgesucht worden zu sein. Die Stadt hat den Charme einer geöffneten Kühltruhe (mit abgelaufenen 99er-Produkten) und riecht nach aufgehobenem Salzstreuverbot. Von den Dächern fallen Pfützen, am Boden liegt Matsch. In der Früh kratzen die Menschen Eis von den Scheiben. Am Abend kitzeln sie Splitt aus den Schuhprofilen.

Die Herrschaften von »William Mercer-Consulting« haben Wien (hinter Bern) jüngst zur Hauptstadt mit der zweithöchsten Lebensqualität der Welt gekürt. Strafweise sollte man sie hier die nächsten drei Wochen arbeiten lassen.

Die Krakauer geht

Reden wir vom Streben nach etwas Besonderem. Bei den Menschen heißt es VIP, bei den Gütern VPI (Verbraucherpreisindex). Die einen drängen in die »Seitenblicke«, die anderen in den Warenkorb. Die einen zeigen ihre Konsumgewohnheiten, die anderen werden daran gemessen.
Nun, der Korb wird nach zehn Jahren wieder einmal ausgeleert und neu gefüllt. Dabei spielen sich stille Dramen ab. Hinausgeflogen: Knoblauch (zu scharf?) und Heizöl leicht (zu leicht?). Ebenfalls nicht mehr mit dabei: Chinakohl.
Völlig unverständlich: kein Zwieback mehr im Warenkorb. Hat er das verdient? War er nicht immer zur Stelle, wenn es uns dreckig ging? Wer befreite uns von Krämpfen, wer gab uns Halt und Sicherheit?
Unbarmherziger VPI: Sein neuer Korb füllt sich mit Fast Food und Fertiggerichten. Und er wirft uns zuletzt auch noch die »Krakauer« ab, die gute alte Haut. Sie war feiner als die »Mährische«, milder als die »Polnische« und nie so gewöhnlich wie die »Extra«. Sie wollte niemals Schinken sein. Sie blieb uns die noble Weichwurst der 70er-Jahre. Wir werden sie nicht zu essen vergessen.

Ausgeliefert

Wir kaufen wie die Wahnsinnigen. (Um nicht sagen zu müssen: Wir leben in einer Konsumgesellschaft.) Wir machen das nicht aus Eigennützigkeit, sondern um die Wirtschaft zu beleben. Wir sehen Dinge und wollen sie heute haben, denn morgen sind sie unmodern. (Um nicht sagen zu müssen: Wir leben in einer schnelllebigen Zeit.) Nun gibt es da ein so genanntes Lieferproblem. Angenommen, wir richten gerade unseren neuen Single-Haushalt oder das Dreifamilienhaus für kinderlose Ehepaare mit Golden Retriever ein. Wir sehen in der Shopping-City ums Eck den Speisetisch unserer Träume, wir kaufen, bezahlen, wollen zugreifen. Da sagt der Verkäufer: »Halt, Ausstellungsstück! Ihrer wird erst geliefert.« Wir: »Wann?« Da grinst der Verkäufer schmutzig. – Ein Vierteljahr später, wenn wir bereits ans Übersiedeln denken, steht er unvermutet vor uns. Und wir wissen gar nicht mehr, wie man an einem Speisetisch speist.

So. Darf ich Ihnen etwas sehr Persönliches erzählen? Ich habe im Oktober 1999 ein (damals) neues Auto gekauft. Es käme aus Italien. Aber es kommt nicht. Einerseits hoffe ich auf ein Osterwunder. Anderseits können die sich's alsbald auf den Hut picken.

Reif für die Insel

Man muss nicht immer alles so negativ sehen. Österreich hat sich als Binnenland ohnehin schwer getan. Wir hatten immer schon das Zeug zu einer Insel: im Osten der Neusiedler See, im Süden der Wörthersee, im Westen der Bodensee. Und im Norden – macht nichts, den Chiemsee darf sich die Rest-EU behalten.

Wirtschaftssanktionen? Pah! Wir versorgen uns selbst. Pizza und Burger können wir auch. Und was sind schon israelische Bananen und portugiesische Oliven gegen kernigen Unterdrautaler Kukuruz und heurige Großweikersdorfer Erdäpfel?

Was den Fremdenverkehr betrifft: Brauch' ma net! War ohnehin nie unsere Stärke, für ein paar Schilling auf unterwürfig zu tun. Wenigstens gibt's kein Anstellen mehr bei den Schleppliften. Und statt protziger Festspiele machen wir jetzt unsere eigene Gaudi-Musi.

Kriminalität? Praktisch ausgerottet. Die heimischen Bösewichte sitzen lebenslang auswärts. Und aus dem Ausland kommt uns ja nichts mehr herein.

Wer fürchtet, Österreich würde als Insel den Kontakt zur Außenwelt verlieren, dem nur ein Wort der Beruhigung: nein, nicht Schüssel. – Satellitenschüssel!

Blinzelkunde

Das Auge sollte sich alle ein bis zwei Stunden eine längere Pause vom Computer gönnen, raten Kölner Ärzte. Studien hätten nämlich gezeigt, dass Menschen, die konzentriert auf den Bildschirm starren, zu blinzeln vergessen und so ihre Augen zu wenig befeuchten. Interessant. Wussten Sie, dass Sie in der Lage sind, aufs Blinzeln zu vergessen? Wir nicht. Wir konnten uns bis vor kurzem nicht einmal vorstellen, dass wir 20- bis 30-mal in der Minute automatisch blinzeln (sollten wir nicht gerade, auf den Bildschirm starrend, darauf vergessen).
Blinzeln war uns bisher in vier Ausführungen geläufig. Da gab es erstens das unangenehme Reizblinzeln, wenn uns eine morsche Wimper ins Auge gekippt war. Zweitens das kumpelhafte Zublinzeln à la: »Wir zwei stecken unter einer Decke.« Drittens das animatorische Anblinzeln: »Wollen wir zwei nicht unter einer Decke stecken?« Und viertens das egomanische Auf- und Abblinzeln: »Gott, bin ich schön, hoffentlich bemerken es alle.«
Mit der Vorherrschaft eines chronisch selbsttherapeutischen Feuchtblinzelns im Zweieinhalb-Sekunden-Rhythmus hätten wir nicht gerechnet. So. Schluss jetzt. Computerpause. Sonst trocknen die Augen aus.

Wettertragödie

Draußen ist es nicht mehr hell. Die Schwalben fliegen tief. Der Bauer blickt trübsinnig auf sein Feld. Die Bäuerin blickt wehmütig auf den Bauern. Da kommt *er* dahergekrochen, pfeift bereits aus seinen letzten Löchern, kratzt den Bergrücken, radiert den Zinken, überschlägt sich in der Geröllhalde. Und geht erstmals in die Knie, die ihm weich wie Watte geworden sind.
Draußen ist es ziemlich dunkel. Der Bauer blickt trübsinnig auf sein Feld. Die Bäuerin schließt die ersten Fensterläden. Da richtet er sich noch einmal auf, hustet im Weizen, keucht im Mais, röhrt in der Zuckerrübe, röchelt im Gemüsebeet. Einfältige Schwalben touchieren den Boden und bleiben benommen liegen.
Draußen ist es finster. Der Bauer blickt trübsinnig auf sein Feld. Die Bäuerin schließt die zweiten Fensterläden. Da bäumt er sich ein letztes Mal auf, bleibt in der eigenen Luft stehen, verhängt sich, verfängt sich, hyperventiliert, strauchelt, fällt rücklings, kippt nach vorne, verliert an Höhe, sackt in sich zusammen, seufzt, stöhnt …
Und nun vollzieht sich jener Akt, mit dem uns der Hörfunk seit Jahr und Tag in den Ohren liegt: DER FÖHN BRICHT ZUSAMMEN. Gibt es Dramatischeres als Meteorologie?

Für immer »super«

Ist es nicht verblüffend, wie lange sich »super« – Mercedes unter den Modewörtern – im heimischen Sprachgebrauch hält? Seit dreißig Jahren wird der Ausdruck mit nicht enden wollender Lockerheit (ab 1990: Coolness) adjektivisch gebraucht. Als wir damit anfingen (das muss unmittelbar nach der Erfindung des gleichnamigen Treibstoffs gewesen sein), hatte das Wort noch etwas Rebellisches. Da ernteten wir pädagogische Zurechtweisungen wie: »Das ist kein super Pullover, das ist ein schöner Pullover. Aber er ist trotzdem zu teuer.«

In den 80er-Jahren schien »super« weder im verwegenen Favoritner Dialekt (»A suppa Schei'm«) noch in der nasalen Hietzinger Hofratstöchter-Ausführung (»Szuuper faine Szaide«) überlebensfähig zu sein. Doch dann kam »ur«. Und über »ur-super« definiert sich bereits die zehnte Modebewegung der österreichischen Kids.

Jetzt, im Jahr 2000, da sich die Laute der Nachkriegsgeneration restlos entmilitarisiert haben, hört man »super« in seiner weichsten Ausführung: »suba«. Und die Herrleins und Fräuleins »tschüssi« und »guti« üben sich bereits im liebevoll verwaschenen »suwi«. Auch das wird »super« überleben.

Schicksalsfrage (I)

In New York kennt man Österreich vom Hörensagen. Leider. Ich war vergangene Woche dort und wurde viermal von der unerquicklichen Frage: »Where are you from?«, heimgesucht. Zweimal war die Reaktion auf: »I am from Austria«, undefinierbar verhalten. Möglicherweise lag auch die handelsübliche Verwechslung mit Australia vor. Hier halte ich es nicht mit heimischen Politikern, die sich freuen, den Amerikanern das Differenzieren beigebracht zu haben: Ein »Oh, Känguru!« hätte mir schon gut getan.
Die dritte Reaktion, jene einer jungen Schuhverkäuferin auf dem Broadway, war klarer. Ihr »Where are you from?« war überschwänglich freundlich gesetzt. Mein »Austria« klang schon ein bisschen gedämpfter. Darauf folgte ein kurzes, spitzes »Oh«, das man am ehesten mit »Au« übersetzen würde. Die Züge der Frau verdüsterten sich. Sie sprach kein Wort mehr mit mir.
Beim vierten Mal passierte es in einem französischen Lokal. »Where are you from?«, fragte die Kellnerin. Da warf ich die Nerven weg und erwiderte: »Germany.« – Erschütternd, wie weit es kommen musste. »Oh, beautiful!«, erwiderte die Kellnerin. Auch das noch.

Schicksalsfrage (II)

Einige Leser haben sich darüber geärgert, wie charakterlos ich gewesen sei, als ich jüngst bei der vierten »Where are you from?«-Anfrage in New York resignativ »I am from Germany« antwortete.
Leser Hannes etwa meint, dass Panikverleugnungen der Heimat all jene Landsleute beleidigten, die stolz auf Österreich seien. Nun, stolz auf Österreich bin ich auch, aber nicht stolz auf alle Österreicher, die in Österreich regieren, und auch nicht stolz auf alle Österreicher, die diese Österreicher, auf die ich nicht stolz bin, gewählt haben. Und erst recht nicht stolz, im Ausland als stolzer Österreicher (schief) angesehen zu werden.
Leser Reinhard, der seit achtzehn Monaten in den USA lebt, bestätigt zwar, dass es »derzeit nicht angenehm« ist, sich als Österreicher zu deklarieren. Dennoch sei mein Verhalten »feige« gewesen. »Man muss aufklären und relativieren«, meint er.
Darf ich ehrlich sein? – Ich hatte nur ein paar Tage Zeit für New York. In dem Schuhgeschäft, in dem sich die Miene der Verkäuferin nach meinem (dritten) Austria-Outing versteinerte, wollte ich weder aufklären noch relativieren, sondern Schuhe kaufen. Im Notfall sogar als Deutscher.

Die Dusch-Generation

Wer bereits große Burlis oder Mädis daheim hat (pflegebedürftige, hungrige Kinder mit Führerscheinen und abgeschlossenen Dancefloor-Kursen, die nur noch nicht bezahlt sind), kennt das Geräusch so gut, dass er erschrickt, wenn es plötzlich aufhört.
Oder anders: Wenn man heimkommt und das Geräusch ist nicht da, sind die Kids außer Haus. Oder: Wenn man schon Stunden im Bett liegt und das Geräusch setzt nicht ein, sind sie noch immer nicht daheim. Oder: Wenn man heimkommt und sie sind zu Hause, aber das Geräusch fehlt – dann sofort den Installateur verständigen! (Wasserrohrbruch.)
Das Geräusch kommt – aus dem Badezimmer. Das ist jener Raum, wo die Tür nicht aufgeht, wenn die Kids daheim sind. Ratsam ist es, schon früh zu reservieren. (Geheimtipp für längere Öffnungszeit und ungestört durchgehenden Betrieb: Samstag von 22 bis 5 Uhr früh.)
Das Geräusch ist plätschernd: Wasser prasselt. Prasselt es einmal, so prasselt es immer. Denn von allein kann es nicht aufhören. Drinnen findet sich keine Hand, die den Hahn abdreht. Draußen können sie klopfen und schreien, so laut sie wollen. Erst zur Reinlichkeit erziehen und dann Druck machen – so geht's eben nicht!

Wespe im Wandel

Dass das Leben in freier Wildbahn härter geworden ist, weil es keine Geschenke mehr gibt, beweisen derzeit je fünfzehn Stück Wespen pro Almdudlerflaschenhals.
Der Almdudler ist sich über die Jahrzehnte treu geblieben. Die Wespe nicht. Ihre Persönlichkeit hat sich gewandelt, ihr Charakter verschlechtert. Die Wespe 1970 war ein majestätisches, Respekt einflößendes, tief brummendes, in Zeitlupe fliegendes Tier. Ihr Stich war zwar vermutlich tödlich, so genau wusste man das als Kind nicht (gestochen hat immer nur die Biene; die Hornisse war noch nicht erfunden). Aber ihr Auftreten war würdevoll. Sie zog elegante Kreise über den Zwetschkenröstern, umgarnte grazil die Schartner Bombe und grüßte höflich aus manch Pfirsichkern. Hysterie vertrug sie nicht. Wenn die Kinder schrien, flog sie davon. Die Wespe 2000 ist hektisch, jähzornig, hinterfotzig, gierig, sekkant und unerbittlich. Sie fliegt eckig und landet oft. Sie begrapscht unsere Schenkel, massiert unsere Nasenflügel, sie kriecht unter unsere T-Shirts. (Inzwischen fallen ihre Kollegen über die Speisen her.) Und: Ihr Stachel sitzt locker wie die Waffe eines Gendarmen. Eine falsche Bewegung und sie drückt durch.

Sommergrippe (I)

Das Schlimmste am Sommer ist die gleichnamige Grippe. (Schlimmer als bei der Blockabfertigung auf dem Brenner von einer *Tiroler Nussöl* des Vorgängers transpirierenden Gelse ausgesaugt zu werden.)
Das Elend beginnt in der Früh beim Hinunterschlucken des betrüblichen Umstandes, dass man aufgewacht ist. Da kratzt etwas hinter dem Gaumen. Es folgt eine von verzweifelter Vorahnung geprägte Phase des In-sich-Hineinschluckens. Bald weiß man: Der Hals tut weh und er kann mehr davon. In voller Entfaltung ist dies der größte Schmerz der Menschheit. Für Frauen ärger als Weisheitszahnziehen. Für Männer schlimmer als jede Geburt.
Als Antidepressivum lutscht man »Halswehtabletten«. Sie schmecken nach Herannahen einer schweren Krankheit. Wenn sie auf der Zunge zergangen sind, tut der Hals mehr weh denn je. Darin besteht ihr kommerzieller Erfolg. Denn man lutscht jetzt eine nach der anderen.
Um den Schmerz zu stabilisieren, gurgelt man eine (Not-)Lösung. Danach hat man das Gefühl, man hätte am Kehlkopf Wunderkerzen abbrennen lassen. Anschließend trinkt man für diese Jahreszeit zu heißen Tee und wartet, bis sich das Virus einen Stock höher meldet.

Sommergrippe (II)

Elend der Sommergrippe, Teil zwei. Was bisher geschah: Halskratzen, mit »Halswehtabletten« bis an die Halsschmerzgrenze steigerbar. Flambieren des Kehlkopfs mittels Gurgellösungen. Tee trinken, Tee trinken, Tee trinken. Die anderen sitzen beim Sommerg'spritzten. Das Leben ist irgendwie sinnlos. Am Morgen des vierten Tages hat sich im Hals eine Betonkruste gebildet. Das ist ein gutes Zeichen. Der Erreger marschiert jetzt in die Nase. Der Kopf darf mittlerweile an nichts mehr denken, sonst springt er. Nun beginnt die Phase der grausamen Geräusche: schniefen, schnaufen, aufziehen, röhren, rotzen, schleimen (nicht im beliebten übertragenen Sinn). Papiertaschentücher werden durchlöchert. Immer fehlt eine Hand vor dem Mund. Die Umwelt verliert jede Achtung vor einem. Die Gefahr der Verwahrlosung und des sozialen Abstiegs ist virulent. Wenn in der Nacht dreimal der Polsterüberzug gewechselt werden muss, ist der Höhepunkt des Schnupfens erreicht. Das Virus rutscht nun in die Brust und lässt aus dieser heraus vom Donner bis zum Sandsturm alle Naturgewalten intonieren. Wenn der Husten nachlässt, ist beides beendet: Grippe und Sommer.

Sex

Heute testen wir Ihr Leseverhalten. Fühlen Sie sich durch den Titel angesprochen? Sind Sie neugierig? Lesen Sie weiter?
Schon in der für ihre Seriosität gefürchteten Zeitung *Die Presse* hieß es im Jahre 1986 redaktionsintern: »Wir sind zu trocken, wir brauchen mehr Sex.« Denn, so argumentierte man: »Auch A-Schicht-Leser lesen gern über Sex.« – (Dafür bürgten die Herren, die so argumentierten.)
Nun sind dreizehn Jahre vergangen. Und egal ob A-, B-, C- oder Sonder-Schicht: Die Leser kriegen nicht genug. Medienprofis behaupten: »Sex« im Titel – und die Geschichte wird dreißigmal eher gelesen, als stünde dort »Karenzjahr« oder »Familienlastenausgleich« (obwohl diese Begriffe eindeutig auf Sex aufbauen).
Schlimm ist die Lage im Sommer. Da sind die Magazine geschlossen außer sich vor Sex. Im Juni erzählt man uns die jährliche Hormonausschüttungsgeschichte. Im Juli serviert man uns das auf den letzten Stand gebrachte Lexikon der Lust. Im August erfahren wir serienmäßig, wie *sie* schneller kommt, bevor *er* besser geht und umgekehrt.
Und im September rätseln Sexualforscher, warum Frauen nicht mehr wollen und Männer nicht mehr können. Warum wohl? – Eindeutig zu viel darüber gelesen.

Zehenring

Jeder Ring, den man auf der Zehe trägt, ist einer weniger, der in einem Nasenflügel stecken kann. Schon das macht Zehenringe so sympathisch.
Grammatikalisch muss man sich erst daran gewöhnen. – Von nun an heißt es: »Ich steh auf Ringen!« Andererseits: »Ich gehe mit der Mode«, wird dadurch ein bisschen glaubwürdiger.
Im Schuhdesign zeichnen sich revolutionäre Entwicklungen ab: wulstige Ausbuchtungen über der Zehenmitte, Glattlederbalken und Raulederschwellen werden das Stadtbild pflegen. Gucci wird die Zehenringreihen vermutlich in Glasvitrinchen setzen. Beim gemeineren Fußvolk wird die zehenfreie weiße Socke den Markt erobern. Barfüßig am Strand werden sich die Fußgeschminkten mit bodennahem Karat zu übertrumpfen versuchen.
Und doch wird in der Fußring-Ära eine neue Heldin geboren, der wir es wie keiner anderen an dieser Stelle vergönnen: die kleine Zehe. Jahrelang von der Großfamilie unterdrückt, vom Nachbarn ins letzte Eck gedrängt, in den dunkelsten Schuhwinkel geschoben. Verkrümmt, verkümmert, aufgerieben, mit Hühneraugen belegt, beim Nagelschneiden stets der Gefahr ausgesetzt, von der Schere gleich als Ganzes einkassiert zu werden. Nun setzt die Mode der Märtyrerin ein Denkmal und legt ihr ein silbernes Kränzlein um.

Hawaiihemd in Mode

Lieber Horstl, wir kennen uns von der Donauinsel: *Sun-See-Bar.* Du hast die Kellnerin auf einen Tequila Sunrise eingeladen. Sie hat abgelehnt. Du bist dann später von Freunden nach Hause getragen worden. War nicht dein Tag.
Horstl, es geht um dein Hemd. Tropische Blumen in Violett, Gelb und Rot. Stoff, aus dem die Karibik ihre Träume bezieht und ans Entlastungsgerinne schwemmt. Wann hast du es gekauft? 1983 für den Ibiza-Urlaub? (22 Uhr: ein Knopf offen. 24 Uhr: zwei Knöpfe. 2 Uhr: drei Knöpfe ... Hat zum Glück nur fünf Knöpfe, das Ding. Und dann ein Frühstücksbier an der Poolbar.)
Lieber Horstl, es *herbstelt.* Du packst gerade deine Sommersachen ein. Du hast das Schicksal des Hemds in der Hand. Wirf es nicht weg! Du hast heuer einfach Pech gehabt. Gib ihm noch eine Chance. Du wirst sehen, nächstes Jahr passiert etwas Erstaunliches.
Wir wissen, du hast es nie darauf angelegt, aber du wirst Trendsetter sein. *Du* gibst die Mode vor. Die Designer von Dolce & Gabbana, Versace und Cavalli planen die Wiedergeburt des Hawaiihemdes. Sie müssen dich erst überrunden. Du wirst für ein paar Wochen der Erste sein. Keine Kellnerin wird es wagen, einen Drink von dir abzulehnen.

Es wird finster

Die Sonne am Wochenende kommt zu spät. Wir stecken Rollkragen über Hals über Kopf im österreichischen Herbst, welcher immer bereits mit einem Fuß im Schneematsch watet. Es war eine ernste, kalte Woche, eine echte erste Schulwoche, wie sie uns seit der Kindheit im Blut liegt. Draußen roch es nach Allerseelen, drinnen nach abgestandenem August. Keiner von uns lachte länger als notwendig. Jeder war plötzlich dreimal dienstlicher als sonst. (Zum Glück fand eine Kollegin eine Maus in der Schreibtischlade. Die Frage, wer zuerst schrie, lenkte uns ein bisschen ab.)
Im September versagt die Pharmaindustrie mit ihren Glückshormonpräparaten. Wo bitte ist die Pille gegen:
… um sieben Uhr bei künstlichem Licht vor dem Kleiderkasten stehen und zwischen T-Shirt und Winterpullover den Sinn des Lebens suchen,
… um acht Uhr früh im Tross der Exurlauber mit der letzten U-Bahn Richtung Arbeit fahren (Restplätze gibt es zwischen den Haltegriffen),
… dieser krankhaft kurz geratene Tag soll der absolut längste der folgenden hundert sein?
Und wo ist die Pille für: Daunendecke über den Kopf und warten, bis die Marillen blühen? Wo?

Misosuppe (I)

Unlängst fragte eine Mutter ihr Kleinkind beim Japaner in Hietzing: »Was maxt denn, Maxi?« Darauf sagte Maxi weder nichts noch »Pommes«, sondern: »Misosuppe«. Dies lehrt uns: Die Zeit ist das Gegenteil von stehen geblieben. Kinder und Suppen sind plötzlich wie ausgewechselt.

Als Fünfjährige hätten wir uns niemals für eine Misosuppe hergegeben. Sicherheitshalber lernten wir sie erst mit dreißig kennen. In unserer Kindheit gab es:

Gemüsesuppe. Zwei volle Löffel, ein verweigerter und – auf Wiedersehen!

Backerbsensuppe. Halbgut. Die Kugeln knackten recht witzig, aber nur, wenn sie vorher nicht baden mussten. Das hieß: Backerbsen ja, Suppe nein.

Buchstabensuppe. Jawohl. Das war sie. Spiel eins: alle X über den Tellerrand. Spiel zwei: zuerst alle A essen, dann alle B, dann … wurde das Spiel autoritär abgebrochen. Spiel drei: Flüssigkeit entsorgen, Buchstaben platt walzen und bis zum Eintreffen der Ohrfeige cremig rühren.

Sternchensuppe. Buchstabensuppe für Memmen und Analphabeten. Aber immer noch sinnlich anregender als biedere japanische Seetangbrühe. Wir sind nämlich damals nicht auf der Nudelsuppe dahergeschwommen.

Misosuppe (II)

Diese Jugend wird es einmal schwer haben. Wie berichtet, greifen bereits Vorschulkinder freiwillig zur *Misosuppe*, einem gesunden Seetangsud, der eigentlich nur den Alten (Oiden, uns) schmecken darf, die wir ihn freilich erst seit ein paar Jahren kennen. Denn japanische Küche gab es früher einmal – in Japan. Da sich das Suppenessen beharrlich jeder kultigen Strömung widersetzte, musste der algenhafte Geist von Miso ein Opfer fordern. Es traf die gute alte Nudelsuppe. Ich frage Sie: Wann sahen Sie sie das letzte Mal auf einer Speisekarte? Ohne Suppennudeln ging früher gar nichts. Ob aufgeweichter Maggiwürfel, ob flüssig gemachter Knorrstaub, ob ein von gedünsteten bläulichen Suppenhuhnflügerln oder ausgekochten Markknochen angeschwemmter Fettaugenschmaus: Darunter hatten Nudeln zu sprudeln. Denn mit »kräftigen« Suppen verhielt es sich wie mit festen Schuhen. Sie brauchten weiche, wertgesicherte, geruchs- und geschmacksneutrale Einlagen. Seit die Nudeln verschwunden sind, schmeckt die Suppe nicht mehr nach sich selbst, sondern nach ihrem jeweiligen Inhalt. Fazit: Die Kinder löffeln heute »Miso«, weil sie nicht mehr wissen, was eine Suppe ist.

Alex?

Es wird täglich schwerer, Grundnahrungsmittel wie Mehl, *News* oder Eier zu kaufen, ohne ein Handy dazuzugewinnen. Wir haben lange gegrübelt, warum diese sympathische Erfindung so heruntergekommen ist, dass sie einem nachgeworfen wird. Jüngst, im netten Penzinger Restaurant »Zum Blauen Esel«, kamen wir dahinter: Es mangelt am gegenseitigen Verständnis.
Am Nebentisch klingelte es unter stillen Protesten der Anrainer den Radetzkymarsch. Der dem Signal schnurlos verbundene Herr griff, hyperventilierend und dem Infarkt nahe, sein Sakko nach noch unentdeckten Seitentaschen ab. Endlich hatte er das Gerät aus den Nähten geangelt und dem richtigen Knopf den passenden Finger zugeordnet. Daran knüpfte sich folgendes Gespräch:
Hallo. Ha? Hallo! Wer spricht? Alex? I versteh di net. *(Steht auf.)* Hallo? Bist in an Tunnel? I versteh ka Wuat. *(Beugt sich über den Tisch zum Fenster.)* Geht's jetzt? *(Pause.)* Stefan! Ah so, servas! I hör di kaum. Ich hör nur Rauschen. *(Kniet auf dem Sessel und presst sein Ohr ans Fenster.)* Kann i net, i bin im Blauen Esel. *Blau, blauer Esel.* Du, des hat kan Sinn. Ich hab kan Empfang. *(Setzt sich, resigniert.)* Du, i hör auf. I hör jetzt auf. Tschüs. I dreh jetzt ab. I ruf di an!

Wurscht

Das Beunruhigende: Man wüsste nicht mehr, was man essen sollte, würde man nicht weiterhin essen, was man immer schon isst, weil man sich nämlich sagt (und hiermit kommen wir zum Beruhigenden): Wurscht! Kausal gesehen: Eh scho wurscht. Und im Endeffekt: A scho wurscht.

Wurscht ist der zementierte Rettungsanker im Binnenland Österreich. Mit *wurscht* haben wir unser eigenes, international unerreichtes »Egal«. So *wurscht* wie uns kann einem Briten, der »so what« sagt, nicht einmal der irrste Rinderwahnsinn sein. An unser *Wurscht* kommt keine irdische Gleichgültigkeit heran. *Wurscht* ist sanktionstauglich, skandalfest und krisensicher. Dank *wurscht* tangiert uns nichts, irritiert uns nichts und kratzt uns nichts.

Mit *wurscht* wurschteln wir uns durch alle Lebenslagen. *Wurscht* ist die Immunstärke unseres Gemüts, der Druckverband des Gewissens, das Notbett des Seelenheils. *Wurscht* ist das Schöne, das vom Resignieren übrig bleibt. Nihilistische Lebensbejahung, opportunistische Revolte, gleichmütiger Trotz.

Neben *wurscht* kann die Welt in Trümmern liegen. Und liegen wir selbst einmal darunter: Wurscht. Eh scho wurscht. A scho wurscht.

Kein Zugang zur Störung

Wie wir wissen, ist die Welt im Wandel. Wenn wir uns wo hinwenden, laufen wir Gefahr, dass wir uns wo falsch hinwenden, weil wir uns vielleicht früher einmal da hinwenden konnten, aber halt jetzt nicht mehr, weil die Welt eben im Wandel ist. Meist sagt man uns unmissverständlich: »Hier sind Sie falsch. Wenden Sie sich woanders hin.« Manchmal sagt man: »Wenden Sie sich *Ihnen* woanders hin.« Manchmal sagt man uns auch, wohin.

Zu Ihnen: Sie entdecken eine telefonische Störung, wollen sie, weil sie sich von alleine nie beheben würde, melden und wenden sich, gar nicht unklug, an die Störungsmeldestelle, Wiener Nummer 4111.

Dort hebt derzeit ein Tonband ab. (Das ist sein gutes Recht.) Es behauptet: »Die Zugangsnummer zur Störungsmeldestelle wurde geändert.« (Weil die Welt im Wandel ist.) »Bitte wählen Sie 111 und die ersten drei Ziffern der gestörten Teilnehmernummer.«

Versuchen Sie's! Wenn Sie (wie wir) vor wenig wandlungsfähigen Telefonen sitzen, pfeifen Ihnen nach zwei Einsern die schrillen Folgetöne der Verdammnis ins Gehör: Zugangsnummer unzugänglich. Störungsmeldestelle vorübergehend gestört. An der Störung kann aufgrund einer Störung nicht gearbeitet werden. – Wenden Sie sich woanders hin. Oder wenden Sie sich ab.

Aus der Traum

Die Ski-WM ist vorbei. »Aus der Traum« sozusagen. Macht nichts. Von der Seeger'schen Patriotismus-Infusion zehrt das heimische TV-Publikum gut ein Jahr. (Bis zu den Winterspielen.) Abschließend ein kleines Spiel. Wir liefern Ihnen ORF-Live-Kommentare. Und Sie müssen erkennen: War von einem Österreicher die Rede? Oder: War gerade ein »Ausländer« unterwegs?
1: Aber nun fest die Daumen halten, denn oben steht ... 2: Das kann sie noch aufholen, das hat sie schon oft bewiesen. 3: Nein, da droht keine Gefahr mehr. 4: Jawohl, 54 Hundertstel Rückstand bei der Zwischenzeit! 5: Vielleicht gelingt ihm ein Superlauf. 6: Nun ist die Bronzemedaille in Gefahr. 7: Wird er uns da noch hineinfahren? 8: Jetzt können wir einmal tief durchatmen. 9: Keinem wäre der Sieg so sehr zu vergönnen. 10: Was für eine Glanzleistung! 11: Vielleicht geht ihm ja noch die Bindung auf. (Seegers Glanzleistung.) 12: Hoffentlich wird die Sicht nicht schlechter. 13: Hoffentlich wird die Sicht jetzt nicht besser. 14: Aber noch stehen einige gefährliche Läufer oben.
Die Lösung: 1, 2, 5, 9, 10 und 12 – Österreicher. Der Rest – Ausländer. Wir versprechen: Beim nächsten Spiel erhöhen wir den Schwierigkeitsgrad.

Pullover im Dreck (I)

Trotz der vielfältigen Möglichkeiten der modernen pädagogischen Kommunikation (E-Mail, Mail-Box, SMS) werden Kinder auch heute noch genötigt, Fragen ihrer Erziehungsberechtigten unmittelbar mündlich zu beantworten. Kluge Kids bleiben dabei dem Jagleichheitsgrundsatz treu, der da lautet: Es gibt keine Frage, die sich nicht mit »Ja, gleich« beantworten ließe.
Diese Antwort ist, entgegen der landläufigen Meinung, alles andere als einfältig. Aus Wochenenddialogen zwischen Petra (32, Mutter) und Jan (11, Sohn) lassen sich sehr schön die drei verschiedenen Anwendungsgebiete aufzeigen:
1. Das klassische »Ja, gleich« mit aufschiebender Wirkung. Petra: »Jan, kommst du bitte einmal her?« Jan: »Ja, gleich.«
2. Das fortsetzende kräftemessende »Ja, gleich« mit Eskalationsgefahr. Petra: »Nicht gleich, sondern jetzt!« Jan: »Ja, gleich.« Petra: »Wenn du jetzt nicht sofort ...« Jan: »Ja, gleich.« Petra: »Gut, dann bleib halt ...« (Sieger Jan.)
3. Das dialogsparende »Ja, gleich« mit ironischer Kritik an der Durchschaubarkeit des Frageschemas. Petra: »Glaubst du, dass das dem Pullover gut tut, wenn er da im Dreck liegt?« Jan: »Ja, gleich.«

Pullover im Dreck (II)

Leserin Birgit L. faszinierte nachhaltig die hier zitierte Frage einer Mutter an ihren elfjährigen Sohn: »Glaubst du, dass das dem Pullover gut tut, wenn er da im Dreck liegt?« Für Birgit ist das »Jahrzweitausendpädagogik vom Feinsten«. Kinder müssen ja heute nicht mehr blind gehorchen. Sie sollen vielmehr in Einsicht zu handeln lernen. Fragen wie die oben gestellte sind für die Entwicklung der Vernunftbegabung eines Kindes von unermesslichem Wert. Spielen wir hier einige Varianten des Dialogs durch:

1. M: »Glaubst du, dass das dem Pullover gut tut, wenn er da im Dreck liegt?« K: »Ja.« M: »Wieso?« K: »Weiß nicht.« M: »Denk einmal nach!« K: »Ist das ein Befehl?« M: »Nein, nur eine Anregung.« K: »Später.« (Mutter hebt inzwischen den Pullover auf.)
2. M: »Glaubst du, dass ...« K: »Nein.« M: »Warum liegt er dann im Dreck?« K: »So halt.« M: »Heb ihn jetzt bitte auf.« K: »Jaaaaaaa.«
3. M: »Glaubst du, dass ...« K: »Ich glaub, dem Pullover ist das ziemlich egal.« M: »Aber mir ist es nicht egal.« K: »Dann musst du ihn aufheben.«

Leserin Birgit L. ist Jugendpsychologin und zweifache Mutter. Sie empfiehlt: »Heb den Pullover auf, und zwar sofort!«

Jännerfrust

Nach Umfragen im Bekannten- und Kollegenkreis erhärtet sich der Verdacht: Der Jänner ist der abscheulichste Monat im Jahr. Neun von zehn Ostösterreichern würden gerne auf ihn verzichten. (Der zehnte befindet sich auf Fernreise.)
Noch vor kurzem – exakt vor zwei Monaten – hieß der mieseste Monat November. Aber der reißt sich neuerdings klimatisch zusammen. Und seine Tage werden immer kürzer, bis sie verschwinden.
Anders der Jänner. Er verharrt in der Mittelstation des Tunnels Winter; vor und hinter ihm: Finsternis. Von oben sondert sich kalte, halb gefrorene Flüssigkeit ab, die uns der Jännerwind ins Gesicht peitscht. Manchmal sticht die Sonne herein – jämmerlich, ein Schatten ihrer selbst. Sie leidet unter niedrigem Blutdruck und bräuchte dringend Anschluss an die Fernwärme.
In der Freizeit zwingt uns der Jänner, entgegen unserem Naturell, lustig zu sein. Er schickt uns auf Bälle und droht uns Fasching an. Wir flüchten in die Büros, wo einander Auf- und Abbruchstimmungen bekriegen und unsere Kräfte rauben.
Der Tiefpunkt ist Mitte des Monats erreicht. Da graut dem Jänner vor sich selbst. In diesem Sinne: schöne Arbeitswoche!

Schmiergeld (I)

Haben Sie schon einmal ein anonymes Geldgeschenk bekommen? Wie verhält man sich da? Gestern lag in meinem Büro-Postfach ein orangefarbenes Kuvert ohne Absender. Es stand einzig mein hingeschmierter Name mit dem Ankündigungswörtchen »an« darauf. (Also weder »für« noch »zu Händen« noch »persönlich«, sondern lapidar: »an«.) Der Schriftzug ist mir fremd. Vielleicht sollte ich mich an einen Schriftsachverständigen wenden, der auch etwas von Psychologie versteht. Mich würde interessieren, in welcher Verfassung mir der Brief gewidmet wurde. Das Kuvert war – vermutlich um Spuren zu verwischen – nicht zugeklebt, sondern eingeschlagen und mit drei unsymmetrisch platzierten Heftklammern fixiert. Vielleicht sollte ich von den Metallteilchen Fingerabdrücke nehmen lassen. Ich bin übrigens auch ein großer Freund der DNA-Analyse. (Hoffentlich liest das der Spender und wird nervös.)
Ich riss also das Kuvert auf und entnahm ihm: einen zerknitterten 20-Schilling-Schein mit Eselsohr; eine Zehn-, eine Fünf- und drei Einschillingmünzen. Insgesamt: 38 Schilling. Ich weiß zwar noch nicht, was ich dafür tun oder unterlassen soll. Doch eines scheint klar: Ich werde benutzt.

Schmiergeld (II)

Wie berichtet, wurde ich Opfer einer anonymen Geldspende. In einem an mich adressierten Kuvert ohne Absender befanden sich 38 österreichische Schilling. Seit damals warte ich vergeblich auf ein Zeichen, was ich dafür tun oder unterlassen soll (oder bereits getan oder nicht getan habe).
Aus der Leserschaft sind einige wertvolle Hinweise eingetroffen. – Vielen Dank dafür, man fühlt sich dann doch nicht so allein. Robert H. glaubt zu wissen, was es mit der Summe 38 auf sich hat: »Das ist für zwei Wiener Fahrscheine. Ihr Auftraggeber will, dass Sie wo hinfahren.« (Dabei beruhigt mich, dass offenbar auch eine Rückfahrt eingeplant ist.)
Leserin Nicole S. befürchtet, dass sich hinter der mysteriösen Spende eine enttäuschende Banalität verbirgt: »Wahrscheinlich will Ihnen jemand Geld für eine Packung Zigaretten zurückgeben.« – Unmöglich. Mit Rauchern mache ich niemals Geschäfte.
Und warum diese hartnäckige Geheimnistuerei? »Vermutlich schweigt der Spender, weil Sie das jetzt veröffentlicht haben«, glaubt Leser Rupert N. »Er hat Angst, in der Zeitung zu stehen.« Selber schuld, bei dem Geldbetrag. Drei Stellen mehr, und ich hätte kein Wort verraten.

Schmiergeld (III)

Wie berichtet, wurde ich Opfer einer anonymen Geldspende. In einem an mich adressierten orangefarbenem Kuvert ohne Absender befanden sich 38 österreichische Schilling, aber war kein Bekennerbrief. Eine Woche geschah – nichts. Es meldeten sich nur die üblichen Trittbrettfahrer, die für das vermeintlich von ihnen stammende Geld mäßig originelle Gegenleistungen einforderten. Aus der Bevölkerung langte eine Hand voll (nein, nicht auch noch Dollar) kluge Hinweise ein. Zum Beispiel: Ich solle das Geld einfach einstecken und nicht blöd weiterfragen. Am Montag endlich überschlugen sich die Ereignisse. Ein Kollege schickte mir die streng vertrauliche E-Mail: »Nur ein Wort – Lachs!«
Lachs? Gab es da nicht jüngst erst Dioxin-Alarm? Bin ich in die Fänge der norwegischen Bleifisch-Mafia geraten? Wusste ich zu viel? Wollte man mich mit dem Geldgeschenk zum Schweigen bringen? (...)
Okay, lassen wir's. Inzwischen weiß ich, von wem die 38 Schilling sind. Die Lösung ist schrecklich banal. Ich würde sie Ihnen gern ersparen. Andererseits bin ich sie Ihnen schuldig.

Eine Kollegin hatte uns zu Weihnachten »Spezial-Räucherlachs« für je 262 Schilling organisiert. Ich gab ihr damals drei Hunderter ...

Clownseuche

Diese Seuche gibt es also immer noch. In Großbritannien löst sie gerade BSE ab. Ende der 60er-Jahre, als bekannt wurde, dass der liebe Augustin voll fett in die Pestgrube gefallen sein muss, gab es keinen Begriff, der uns Wiener Kinder schmerzhafter im Ohr saß und schwerer im Magen lag als diese fürchterliche, entsetzliche, schockierende, grässliche, heimtückische neue Krankheit, die auf den Fußballwiesen und den Räuber-und-Gendarm-G'stätten auf uns wartete und uns auf den Fahrradwegen auflauerte, um uns zu befallen. Böse Geister waren aus unseren Köpfen verschwunden, Horror war gegessen. Es wütete die »Maul- und Clownseuche«.

Dagegen halfen weder medizinische Strohteppiche auf den Straßen noch pädagogische Versuche der Beschwichtigung, diese Krankheit sei für Menschen harmlos. Unsere Mäuler hatten wir ständig offen und Clowns waren wir im Grunde alle.

Bei einer Krankheit, die es auf das Lustige abgesehen hat, hört sich der Spaß nämlich auf.

Schauen wir uns heute einmal in den U-Bahn-Stationen und auf den Gehsteigen um: Keiner lacht mehr. Keine frechen Mäuler. Weit und breit keine Clowns. – Das war bestimmt diese schreckliche Seuche.

mfg (I)

Begrüßen war noch nie unsere Stärke. Aber beim Verabschieden waren wir immer ganz gut. Vom sekundärklerikalen *Pfiat di Gott* bis zum leichtlippigen *Baba* (und foi net), vom feschen *Griaß di* über das resche *Servas* zum gesmashten *Sers* (auch das spart Silben, somit Zeit und Kraft) war uns bisher alles recht und billig genug. Nicht zu vergessen: das Rimini-Stadlauer *Tschau* und das kleingermanische *Tschüss*, gewiehert *Tschühüs*, verschnöselt *Tschüssi*. (Aus Berlin langte dann auch noch *Tschüssikovsky* ein; die arbeiten gerade ihre Ost-Vergangenheit auf.) Beim schriftlichen Verabschieden taten wir uns bisher schwer. Den Bekannten schrieben wir gleich überhaupt nicht, die riefen wir an. Für die Entfernten mussten wir uns über *Hochachtungsvoll* zum Finale retten, ein überlanger Schwertransport mit sieben Fehlerquellen.

Nun, seit es Internet mit seinem E-Mail-Verkehr gibt, sparen wir Buchstaben, wo es nur geht. Irgendwann schrieb einer *mfg*, wie »zu müde für ›muffig‹«. Einer antwortete: *mfg*. Alle verwendeten und sendeten nur noch: *mfg*. Und heute, ja heute ist der Tag gekommen, da rutscht es uns erstmals über die Lippen. Also dann: »mfg!«

mfg (II)

Am Freitag haben wir *mfg* inoffiziell zum logischen Nachfolger von *Tschüss*, *Baba* und *Servus* gekürt. Womit wir nicht rechnen konnten: Einige Leser glaubten tatsächlich, dass *mfg* die Abkürzung von »muffig« sei. (Der Rest kann die nächsten Zeilen überspringen.) Also: *m* steht für »mit«, *f* für »freundlichen« und *g* für »grüßen«. Bitte nicht anrufen und sagen, dass man »Grüße« groß schreibt! Wir sind die Internet-Generation. Wir schreiben auch: *i-mehl*, *hi*, *lg*, *hzg*. Und jeder versteht uns.
(Hier kann der Rest der Leser wieder einsteigen.) Es stellt sich die Frage, ob *mfg* phonetisch reif ist, ausgesprochen und nicht nur geschrieben zu werden. – Aber sicher! *mfg* hat den Vorteil, dass man den Mund bei der Nennung des Wortes geschlossen halten und so auch höflich zu Menschen sein kann, die man sonst nie gegrüßt hätte. Für wen beim Verabschieden ein Selbstlaut unverzichtbar ist, der spreche einfach: *mufg*. Wer noch immer Angst hat, zungenmäßig über *mfg* zu stolpern, der nehme zum Vergleich die Nennform »röntgen«, bilde Mitvergangenheit und Mittelwort der Vergangenheit und spreche mit uns: röntgen, röntgte, geröntgt. – Eben. Und was soll an *mfg* so schwierig sein?

mfg (III)

Unser Vorstoß, *mfg* als Nachfolger von *Servus*, *Baba* oder *Tschüss* zu etablieren, polarisiert. Es gibt absolute mfg-Freaks, also Freunde der internetös verabreichbaren Abkürzung, wie Herrn »km«, der uns folgende E-Mail schickte: »Sg Hr. dag, bzgnd. auf oa Betr. darf ich an das gute alte ›ffpx‹ als in Vergessenheit geratende Grußformel erinnern und Sie glz ersuchen, etwas dagegen zu tun. mfg, km.« – Leider ist es uns bis Redaktionsschluss nicht gelungen, die Grußformel *ffpx* aus dem Zustand der Vergessenheit zu befreien. Manche Leser haben uns insofern missverstanden, als sie glauben, dass wir es hip finden, was da der deutschen Sprache angetan wird, wenn man sie auf *mfg* und dergleichen reduziert.
Kollege S. macht indes auf eine andere Gefahr der Internetsprache aufmerksam: Ma schreibt wimma hört dassma spricht wimma ret. S. hat nämlich kürzlich *TV-Eyes* bemüht. Das ist eine Suchmaschine, die die Tonspuren von US-Fernsehstationen abhört und in Schrift setzt. S. gab das Stichwort »Vienna« ein und erntete per E-Mail folgenden Konzerthinweis: *The vienna radio theater played at avery fisher hall. The music was by shubeert or Shoe Bert* … – Armer Franzl, auch das noch!

mfg (IV)

Zuerst ein Nachtrag: Das Rätsel um *ffpx* ist gelöst. Leser »km« gibt per E-Mail bekannt, dass es sich hierbei um eine sprachrevolutionäre Grußformel der 60er-Jahre handelt: *fiel fergnügen pleib xund!*
Der vorletzte Teil unserer *mfg*-Serie handelt von der Liebe. Wie Leserin Andrea P. völlig richtig bemerkt, erfährt die Internetsprache beim elektronischen Schnelltransport von Liebesgefühlen ihre Formvollendung. Goethe plagte sich noch mit Versen wie: »Empfinde hier, wie mit allmächtigem Triebe ein Herz das andre zieht, und dass vergebens Liebe vor Liebe flieht.« (»An Lili«, 1807). Wir fassen uns kürzer und schreiben: *b* (Bussi, platsch); *vb* (mehrere davon); *vlb* (in der Streifenhörnchensprache); *gvlb* (gleich einem aus Kussmündern plätschernden plastisch-chirurgischen Sprühregen).
Goethe musste kräftig in der literarischen Bratpfanne rühren, um den Liebesgefühlen seiner Helden genügend Ausdruck zu verleihen: »Ewiger Wonnebrand, glühendes Liebeband, siedender Schmerz der Brust, schäumende Gotteslust. Pfeile, durchdringet mich, Lanzen, bezwinget mich, Keulen, zerschmettert mich …« (Faust II). Wir Internet-User schreiben heute einfach: *ihdl* – und sahnen ab.

mfg (Ende)

Es gibt Anzeichen, dass wir mit unserem Ansinnen, *mfg* als Nachfolger von *Tschüss*, *Baba* und *Servus* zu etablieren, nicht mehr auf dem letzten Stand der modernen Sprachpflege sind. Mein Computer ist jedenfalls schon weiter. Wissen Sie, was er seit einiger Zeit macht? Er verhindert *mfg*, er streikt, er schreibt es mir einfach nicht mehr. Ich tippe auf *m*, ich setze ein *f* daran, ich klebe ein *g* dahinter. Plötzlich stieben die Buchstaben auseinander und verwandeln sich in Worte. Ich hatte *mfg* eingegeben – und sitze vor voll ausgereiften *mit freundlichen Grüßen*. Kurzum: Das System verhindert Abkürzungen. Es wehrt sich gegen den Buchstaben-Junk der E-Mail-Sprache.

Dazu passt, was Leserin V. behauptet: »Die *mfg*-Ära geht dem Ende zu. Jetzt bricht ein Zeitalter der großen Poesie an.« Man werde sich der guten alten französischen Sprache besinnen, die die schönste Form des Verabschiedens gefunden hat: »En attendant votre réponse je vous prie d'accepter l'expression de mes sentiments les plus distingués.« – »In Erwartung Ihrer Antwort bitte ich Sie, den Ausdruck meiner respektvollsten Gefühle entgegenzunehmen.« Zugegeben: Daneben liest sich *mfg* ein bisschen mager.

Daniel Glattauer

Der Weihnachtshund

Deuticke 2000. 208 Seiten

Max will noch vor Weihnachten flüchten. Dabei ist ihm Kurt, sein Hund, im Weg. Kurt war leider eine Fehlinvestition. Er schläft meistens. Und wenn er sich bewegt, dann höchstens irrtümlich.
Katrin hat mit den beiden ursprünglich gar nichts zu tun. Sie wird demnächst dreißig und leidet unter Eltern, die darunter leiden, dass sie noch keinen Mann fürs Leben gefunden hat. Mit Weihnachten kommt der Höhepunkt des familiären Leidens auf sie zu. Überraschenderweise tritt plötzlich Kurt in Erscheinung. Katrin mag zwar keine Hunde. Aber Kurt bringt sie auf eine Idee.
Zu Beginn haben wir den ersten Dezember. Das Buch endet pünktlich am vierundzwanzigsten. Es liest sich wie ein städtischer Adventkalender ohne Fenster. Also relativ rasch. Und man lacht oft.

Der Weihnachtshund ist die ideale Lektüre für alle, die Weihnachten aus langjähriger Erfahrung kennen und fürchten. Der Roman ist ein Antidepressivum gegen den vorweihnachtlichen Frust, bei dessen Lektüre man mindestens einmal pro Seite lacht. Eine Liebesgeschichte, wie sie schöner nicht sein könnte …

Daniel Glattauer

Die Vögel brüllen

Deuticke 2004. 248 Seiten

Zusammensetzung: 175 Kolumnen und Essays zum Zweikampf des Alltags mit sich selbst.
Wirkungsweise: Weltschmerzstillendes Mittel gegen Trübsinnigkeit, Abstumpfung, Unsensibilität, Ignoranz, Menschenscheu, Wiedergabe von Sprachschrott und Wetterfühligkeit.
Art der Anwendung: Lesen.
Dosierung: Wenn vom Buchhändler nicht anders empfohlen, täglich drei bis 30 kurze Geschichten vor dem Einschlafen und nach dem Aufwachen. Bei Winterdepression 30 bis 100 Geschichten. Am Ende wieder von vorne anfangen.
Auswirkungen: Sie erlernen das Absingen von »Stille Nacht«. Sie treten dem »Club der Freunde der zeitlich begrenzten Frist für die vollständige Lieferung bestellter Möbel« bei. Sie können aus einer Pfütze Rotwein ostbolivianische Zwergmaracuja herausschmecken. Und Sie wissen, warum die Vögel heute nicht mehr singen, sondern brüllen.
Nebenwirkungen: *Die Vögel brüllen* ist im Allgemeinen gut verträglich. In Einzelfällen kann es zu Überdehnungen des Lachmuskels, feuchten Augen und spitzen Schreien in der U-Bahn kommen.
Aufbewahrungshinweis: Nachttisch, Kommode, Handgepäck.
Haltbarkeit: So lange es Österreich gibt und Deutschland sein großer Nachbar ist.

»Selten kann man über sich selbst so unbekümmert lachen, wie beim Lesen dieser 175 Kolumnen.« (ORF)